大正偽恋物語
～不本意ですが御曹司の恋人になります～

小谷杏子

STARTS
スターツ出版株式会社

長丘敦貴《ながおかあつき》様

不躾《ぶしつけ》ながら、お伝えしたいことがあります。

わたしもあなたが好きです。とてもとても、あなたをお慕い申し上げております。

後ろ髪を引かれるような、細く美しい線のような目尻が好きです。

まっすぐな指が好きです。凛《りん》として涼やかな声が好きです。

凍っていたわたしの心を溶かしてくれた、優しい言葉が好きです。

もっとたくさんのことをお伝えしたかったのですが、契約上、この恋情は例えあなたにだって言えません。

もし、来世があるのならばあなたと共に過ごしたい。

それが、わたしの唯一の願いです――。

御鍵絹香《みかぎきぬか》

目次

大正偽恋物語
～不本意ですが御曹司の恋人になります～

序章　名家の没落

一九〇七年——明治《めいじ》四十年。大日本帝国《だいにほんていこく》、横濱《よこはま》。

港に一隻の大型貨物船が停泊する。白いカモメが飛び交うその下で、威勢のいい男たちが積荷を降ろしていく。

その船に記されているのは『御鍵商社《みかぎしょうしゃ》』という角張った商号。

地平線の彼方にある異国から反物を輸入し、販売する御鍵商社の社長、御鍵明寛《あきひろ》は業界で知らない者はいないと言わしめるほどの商才を持っていた。周囲からの人望も厚く、華族ではないが一定の地位を確立していた。

彼には気立てのよい妻がいる。社長の椅子に座る前に大恋愛し、婚姻したという。この恋物語は近所でも噂《うわさ》になっていた。家柄に縛られず、政略的な良家の謀《はかりごと》もなく、それはそれは幸せな恋であった。

そんなふたりの間には十歳の娘、絹香と七歳の息子、一視《かずみ》がいる。上の娘は父親譲りの我慢強さがあり、母親譲りの美貌があった。下の息子は病気がちで、泣き虫なのが愛らしい。将来の社長にしては頼りなくとも、ゆくゆくは立派な跡取りとなるだろう。

また、明寛には弟がいた。弟は兄を支え、兄弟ふたりで会社の繁栄と安寧を願っていた……はずだった。

その日も、港で従業員や日雇いの若者らが積荷を降ろしていた。

大海の背には大きな町がある。さらに内陸は大都会が近い。そんな異国情緒あふれるハイカラな港町に構えた豪邸の書斎にて、明寛が銃でこめかみを撃ち抜き、死亡した。一月、冷たい雪が降る日である。

自害の一因となったのは業績低迷から患った精神不安定だという。一方で明寛の妻、七重《ななえ》も持病がたたり、夫の死を追うように亡くなった。

明寛夫婦の死後、社員たちは弟の寛治《ひろはる》を支持した。

それから八年――世は大正《たいしょう》へ改元し、流行《はや》り廃《すた》りの移り変わりが激しい。人々の関心は、めくるめく華やかな社交界と芸能、諸外国との戦争、そして身近な恋物語へと傾く。

没落令嬢、御鍵絹香はその日を慎ましやかに生きていた。

美しく、繊細な目元と黒目がちな瞳は憂いを帯び、見る者に儚《はかな》げな印象を与える。腰まで及ぶ黒髪は繊維のひとつひとつが絹糸のよう。先代社長の奥方を知る者はこぞって彼女を『七重様の生き写し』と称した。

常に笑みを絶やさず、令嬢であることを誇りにし、しかし鼻にかけることもなく、自ら率先して働くしたたかな少女だ。

だが、それは表向きの顔にすぎない。

『現《うつ》し世に情けはない』と、絹香は十歳の時に学んだ。

父の自害から、母の病死まで時間はとてつもなく早く進んだ。運命のいたずらにしては、耐えがたいほどの不幸だった。

父母の葬儀にはたくさんの参列者がいたが、その中には面白おかしく記事にしようと企む下賤《げせん》な記者もいた。彼らは娘である絹香にあれこれと難しいことや心ない言葉を投げつけた。

だが、彼女は毅然《きぜん》とする。葬儀の裏で泣いてぐずる一視に、眉を吊《つ》り上げながら言った。

『一視、男は泣くものじゃありません。明日のことを思い、大笑いするものです。お父様がよく言っていたでしょう?』

絹香は一視の手をぎゅっと握った。

『姉様の手は魔法の手。心が安らぐ魔法の手』

おまじないのように唱えると、みるみるうちに熱を帯びていく。ホカホカと温かな癒やしが指先の内側へと伝わり、一視はようやく涙を引っ込めた。

『あったかい……ぼく、ねえさまの手、大好きです』

『この手があれば、どんな傷だって癒やしてしまうのよ。でも……』

絹香はふと、目を伏せた。

どんな傷もたちどころに癒やしてしまう魔法の手——その能力を開花させるには、一歩遅かった。

転んで膝を擦りむいても、手をかざせばすぐに治り、病気ひとつしない。これがどうやら他人にも癒やしを施すことができるのだと知った時にはすでに遅く、絹香は悔しく歯嚙《はが》みした。

『ねえさま？』

一視が不安そうに顔を覗《のぞ》き込む。

——いけない。この子の前では強くあらねば。

絹香は心に鞭打《むちう》ち、笑顔を作る。

『いいこと、一視。これからはわたしがあなたを守ります。だから、大丈夫よ』

『はい！』

しっかりとした声で答える一視を絹香はたまらず抱き寄せた。

しかし、そんな姉弟の決意も虚しく、大人たちはふたりを容易に引き裂いた。

まもなくして、一視は母の遠縁に当たる『今利鉄鋼《いまりてっこう》』の社長宅へ一時預かりとなったが、絹香は寛治の元へ養女として迎えられた。

だが、絹香はこの叔父が嫌いだった。その妻、照代《てるよ》とも気が合わないと思っていた。

父の教えでは、人に優しく、決して驕《おご》ることなく善良であることを説かれたものだが、このふたりにそのような善行を注ぐ価値はないと思っていた。

世間で取りざたされているような兄弟の絆《きずな》とやらは、その実まるきり嘘《うそ》であり、父と叔父はもとから不仲だったことを絹香は知っていた。ゆえに、なぜ寛治の家へ迎えられたのか、最初は皆目わからなかった。

だが、十八歳になった今ならわかる。彼らは衰退の一途をたどる御鍵家の砦《とりで》となる善行を世に知らしめるポーズとして、不遇な絹香を引き取ったということを。

なにせ、家での仕打ちは劣悪である。引き取られたその日から、絹香は私物をすべて奪われた。着物や小物、父母の形見も、家も、弟もすべて。その代わり与えられたのは、寝起きするための屋根裏部屋だった。

第一章　傷だらけのレディ

御鍵寛治邸は諸外国を相手にする商社の社長という立場もあり、和洋折衷の造りだ。今はもう解体された絹香の生家も洋館と和館を組み合わせた建物で、幼い頃からベッドを使っていた。ただ、洋服は定着せず、普段は着物で生活していた。

叔父に引き取られてから、絹香の生活は大きく変貌した。

独房さながらの薄暗く狭い部屋に、かつて過ごした実家のような快適さはない。近い天井と小さな窓、埃《ほこり》だらけの冷たい床板にももう慣れた。部屋履きも上等なものはなく、擦り切れた足袋《たび》である。着物は学友のお古をもらうしかなく、冬は寒さに震え、簡素なベッドで過ごす。

「さぁ、起きるのよ、絹香。早くしないと叔父様たちが起きちゃう」

そんな独り言を放ち、体を伸ばして起き上がった。寝間着の上からおさがりのショールを巻けば、なんだか貴婦人の起床を演出できるので楽しい。

絹香は新聞を読むだけのために毎朝五時に起きる。そのついでに、人手が足りない台所仕事をするのが女学校を退学させられてからの日常となっていた。

屋根裏部屋の独房から二階へ降り、寝静まる叔父たちの部屋も通り過ぎ、古い木材の階段を忍び足で降りていく。一階の居間を突き抜け、台所にある裏手口から外へ出る。

薄紫の空の中、朝焼けが雲間から流れていた。今日は洗濯物がよく乾きそうなお天気に違いない。

五月の早朝、初夏の香りが近づいているが港に近いここはわずかに冷える。遠くでカモメの鳴く声がし、その心地いい音を耳に取り入れながら新聞配達員を待った。

しばらくすると、背後から物音がした。振り返る。

「おはようございます、絹香さん」

書生、瀬島行人《せじまゆきひと》が純朴そうな笑顔を見せた。

「おはようございます、瀬島さん」

絹香は声を弾ませて挨拶した。優雅に一礼し合う。最近ふたりの間で流行っているのは、この〝華族ごっこ〟だった。

「絹香嬢、今朝もお早いですね」

「瀬島さんこそ、お早いですわね」

「……新聞はまだかな？」

「あら、もう終わり？　華族ごっこ、楽しいのに」

絹香は頬を膨らませた。すると、瀬島はクスクス笑い「失敬」と言いながら自分の髪を触る。生来のくせ毛がコンプレックスらしく、絹香はその頭を撫《な》で回したいと常々思っていた。

自分よりひとつ年上の瀬島だが、弟のように感じてしまうのは親しみやすい人柄と少し頼りない性格だからだろう。優しい目は開いているのかいないのか近くで見なければわからない。ちょっと大きな鼻と綺麗《きれい》な歯列が印象的な彼は、笑顔がとてもかわいらしい。

もう随分会っていない弟の幼い顔を脳裏に浮かべると同時に、今利家へ手紙を出さなければならないことを思い出す。

すると、唐突に瀬島が「あっ」と声をあげた。

「そうだ。絹香さん、よかったらこれどうぞ」

彼は着物の帯に差した本を絹香に渡した。

「あら、もしかして専門書？」

「そう。貧乏なもので、大学の図書館から借りてきたもので悪いんだけれど」

「とんでもない。嬉《うれ》しいわ。それに、わざわざ大学の図書館からだなんて……近頃は貸本屋さんもあるというのに」

「貸本屋のものは古いので。やはり、最先端の学問は然るべき機関に眠っているものさ。それに、今日はあなたの誕生日ですから」

気取ったふうを装うが、すぐに照れ笑いを浮かべて恥ずかしがる。そんな瀬島に、絹香は小さく微笑んだ。

「ありがとうございます」

絹香は本を抱いて笑った。すると、瀬島はゆっくりと手の甲で絹香の頬を撫でた。彼の手は冷たく、皮膚に鋭く浸透する。絹香は驚いて一歩身を引いた。

彼はこの邸の中で唯一気を許せる友人ではあるが、髪に触れられるのは不本意だ。

「えーっと……新聞、遅いね」

瀬島は気まずそうに呟いた。

「そうね……」

あぜ道の向こうをふたりで見つめる。

ほどなくして、新聞配達員は頼りなげな自転車で御鍵邸へ到着した。

お金を払い「ご苦労様」と声をかけ、瀬島と共にようやく部屋へ入る。

さっそく台所の丸椅子につき、調理台の下で新聞に目を通した。

踊る活字をざっとなめ読みする様子を瀬島が見守る。彼は主人である叔父や叔母が起きてくるのを見張る役目も勝手に担ってくれていた。

「相変わらず、絹香さんは読むのが速いですね。きっと、女学校でも秀才だっただろうに。もったいない」

「仕方ないわ。女に学問は不要ですから」

瀬島の言葉に、絹香はやや皮肉を込めて返した。それに対し、瀬島は悔しげに吐息を漏らす。

「君の叔父上は間違っているよ。本当に心からそう思う」

「瀬島さん、集中できないわ。ちょっと黙ってて」

「うーん、冷たい……」

軽くあしらっても、彼は気を悪くするでもなく、この時間を楽しげに過ごしていた。

絹香もこのささやかなひとときが心安らぐ時間だった。

新聞の一面は政治経済だ。事件や事故なども書かれており、本の新刊宣伝や医薬品の広告もあった。また、最近はどこそこの令嬢と庶民との心中話や大恋愛の模様が派手に報じられており、その模様を絹香は食い入るように読みふけった。

世間は毎日、飽きることなく事件が起きている。そのことを知れば、自分の世界は案外ちっぽけなものなのかもしれないと感じられた。

だが、あと一時間もすれば終わりを迎える。廊下を伝って流れる古時計の鐘が六時を告げれば、使用人が起きてきた。

瀬島が焦り声で絹香に合図する。

「絹香さん、そろそろ」

「えぇ」

絹香は新聞を綺麗に折り畳み、瀬島に渡した。

新聞係は彼の役目となっている。台所を出て、瀬島はすぐに「おはようございます」と礼儀正しい声を放った。その奥で、叔父の不機嫌そうな唸《うな》り声が聞こえた。

絹香は朝食の準備を始めた。

叔父は硬い米をふやかしたものを好むので、前日に握り飯を作っている。それを茶《ちゃ》碗《わん》に置き、煎茶をかける。魚は焼き立てがよいので、前もって準備していた網の上に小アジをのせた。

叔父が新聞を読み終わる前には焼き上がるだろう。その間に味《み》噌《そ》汁《しる》を作っておく。

台所は使用人が使いやすい従来どおりの和式で、土間にかまどがふたつ。火をかけ、あらかじめ煮干しで出汁《だし》をとった水を小鍋に張り、湯を沸かす。

次に手早く小松菜をざく切りにし、豆腐を丁寧にさいの目状に切った。沸騰したら味噌を溶き、味見する。味がなじんでいれば、豆腐と小松菜を入れて少し煮る。小松菜が鮮やかな緑を放ち、味噌の色味がふんわりと踊れば椀《わん》についだ。

すると、小アジがいい香りを漂わせた。ふっくらとした身と皮の隙間からジュワジュワと脂が浮かんでくる。小アジが焼けたら皿に移し、漬物を添えて完成だ。

これを使用人に持っていかせる。直接行けば「飯がまずくなる」と言われるから、顔を出さないようにしている。

さて、次は叔母用の朝食だ。今から米を炊けば十分間に合う。

ここの夫婦は朝食時間が別々なので、朝の台所は忙しい。また、主人の横暴さに心を痛めて辞める使用人が多いのでよく人が入れ替わり、常に右往左往している。絹香も学校で学んだとおり、ある程度の生活能力は身についているが、ひとりで作業を回すには腕があと四本は欲しいところだった。

叔母は品数が少ないとすぐに腹を立てる。錦糸卵、桜でんぶなどを用意し、小アジの臭みを抜いて下味をつけ、彩り鮮やかな麩《ふ》を柔らかくふやかし、かまぼこを切る。

そうしているうちに、居間の方から「行ってらっしゃいませ」と瀬島のかしこまった声が聞こえた。

どうやら叔父は会社へ行くようだ。絹香の気が少しだけ晴れる。なるべく彼らと顔を合わせずに過ごすのが一日の目標だ。

おかずをそれぞれ小さな器に盛り付け、膳を整える。そして、若い使用人に部屋まで持っていかせた。それが終われば、他の使用人たちの手伝いと手紙を投函《とうかん》しに行く。そんな予定を頭の中で組み立てていると、瀬島が台所に戻ってきた。

仕事の前に、彼の朝食と弁当も用意する。瀬島はこれから大学へ勉強しに行くのだ。

「ご飯が炊き上がったから、すぐに支度しますね」

「ありがとう」

茶碗に白飯をよそい、味噌汁と漬物を出した。彼は手早く調理台の上で朝食にありつく。そんな彼の食べっぷりが気持ちよく、絹香は大きな握り飯を三つこしらえた。

それぞれ梅、おかか、味噌と具を変えている。

竹籠に詰め、フタをしたところで突然、台所に若い使用人の娘が血相を変えて飛び込んできた。

「絹香さん！　あ、あの、奥様が……お呼びです……！」

明らかに動揺の色を浮かべており、絹香はサッと血の気が引いた。瀬島も怪訝《けげん》そうに食べる手を止める。

「……なにかしら」

絹香は拳をぎゅっと握った。

「何事もなければいいけれど」

瀬島も不穏を感じたか小声で言う。

「朝食が気に入らなかったのかもしれないわ……大丈夫、いつものことよ」

そう強がるも、握っていた手がわずかに震えた。台所から飛び出し、素早く階段を上がる。すれ違う掃除婦に挨拶もせず、叔母の部屋へ向かった。

「叔母様、絹香です」

木製の扉は西洋式のノックをして声をかけなければならない。

すかさずドアの奥から「入りなさい」と厳しい声が聞こえ、絹香は真鍮《しんちゅう》のドアノブを開けた。叔母はすでにベッドから起きていたが、寝間着のままでこちらを睨《にら》みつけている。

青白い肌には艶がなく、どことなく枯れた印象の叔母、照代はギョロリと大きな目玉で絹香を威圧した。

「なんなの？」

出し抜けに叔母はそう言い、憎々しげに絹香を見ている。なにを問われているのかがわからず、絹香は顔を強張らせた。

黙っていると、叔母は荒々しく絹香の元へ近づいた。そして、すぐに横っ面を弾かれる。

「私にあんなものを食べさせるなんて、恩知らずもいいところね！」

押し黙った絹香は、胸の中に黒い靄《もや》が広がるような気がした。目をつむり、奥歯を噛《か》む。すると、もう一度、横っ面を叩《たた》かれ、ぐいっと髪の毛をつかみ上げられる。

「なんなの？　その目は。本当にイライラする」

なにに対して叱られているのか、なにに対して反省すればいいのかわからない。だが、これだけはわかる。

叔母は朝食に文句を言っているわけではない。ただ、絹香を痛めつけたいだけなのだ。さめざめと泣いて許しを乞えば、叔母は喜ぶ。昔からそうで、すれ違いざまに足を踏みつけられたり髪をつかまれたりする。

明確な理由のない嫌がらせは日常化していて、絹香はただこの時間が早く終わることだけを考えた。

絶対に泣かない。喉元まで出かかった嗚咽《おえつ》を飲み込んで耐える。

「この化け物が」

吐き捨てるように嘲り笑う叔母から、絹香はゆっくりと離れた。

「朝食は作り直しますか？」

弾かれた頬を押さえることなく、冷静に問うと叔母は「フン」と鼻息を飛ばした。

「結構よ。もう下げてちょうだい」

「承知しました」

絹香は叔母の膳を静かに下げて部屋から出ようとした。

「待ちなさい！」

ドアに手をかけると叔母に呼び止められ、絹香はくるりと振り返った。

「いかがしました？」

打たれた頬の手当をしたい。早くしないと痕になりそうだ。そんなことを心配していると、叔母は静かに言った。

「今日は東京《とうきょう》へお遣いをしてちょうだい」

「はぁ、東京ですか……？」

「次の週末、ここで商談パーティーをするんだそうよ。子爵家の長丘様がいらっしゃるの。主人が一流の料理人を呼び寄せろと言っていたのを思い出したわ。あなた、ご挨拶してらっしゃいな」

叔母の声は先ほどの癇癪《かんしゃく》から一変して冷静だった。淡々とした指示に、絹香は無感情に答えた。

「承知しました」

すると、叔母はもう用済みとばかりに手で追い払う仕草をする。

絹香は急いで洗面所へ向かい、鏡を見つめた。頬が腫れている。傷跡は大してひどくないものの、鮮血が丸い点となって鼻にかかっていた。叔母の爪がかすったのだろう。

絹香は傷を指先でなぞった。すると、みるみるうちに傷口が塞がれていく。次に両頬を手のひらで包めば、腫れがすっと引いていく。それに伴い、痛みもゆっくり和らいでいった。

「……あ、瀬島さんはもう出たかしら」

おそらく彼はもういない。「行ってらっしゃい」を言いそびれたことを悔やむ絹香は無意識に現実逃避していた。

　使用人たちに台所の後片付けを頼み、絹香はそっと〝自室〟へ向かった。この邸に来て与えられたものだが、自分のものではない。外へ出ても恥ずかしくないよう、遣いに出る時や客人を招く際にのみ出入りを許される。皮肉なことにこういう時にしか、おしゃれができない。

　絹香は淡い桃色の着物を取った。銀と白の糸が優美な曲線を描く繊細な刺繍《ししゅう》の着物は、御鍵商社が扱う反物である。

　帯は鳶色《とびいろ》で、水色の睡蓮《すいれん》模様が描かれている。帯留めは淡い桜色を選び、五月の空の下でも浮かない爽やかな組み合わせだ。

　化粧台に座って薄く白粉を顔に塗り、頬紅で色をつける。長い髪の毛を器用に結い、ふんわりと柔らかな耳隠しを仕上げた。

　白い帽子をかぶりレースの手袋をはめれば、どこをどう見てもおしゃまなお嬢様。

　つい先ほどまで理不尽な扱いを受けていた惨めな少女の姿はどこにもない。

　絹香は鏡の向こうの自分に微笑んだ。すると、鏡の彼女も優美に笑う。令嬢、御鍵絹香の出来上がりだ。

　絹香は一視宛の手紙を持って、颯爽《さっそう》と玄関ホールへ向かった。使用人たちに十五時に戻ることを叔母に伝えるよう言いつけて家を出る。

　無感情に笑顔を浮かべ、ご近所の人々に「ごきげんよう」と声をかければ、誰もが絹香を御鍵家の幸せな令嬢だと信じて疑わない。絹香に与えられた役は〝賢く、気立てのよいお嬢様〟であり、〝両親の死を乗り越えた健気な少女〟なのである。

その役を完璧に演じながら郵便局へ立ち寄った。

一視とは、あの別れ以来一度も会っていない。遠い九州《きゅうしゅう》の地で、彼は両親や姉の教えを守り、懸命に勉学に励んでいるという。

手紙の中での絹香は気さくで明るい姉を演じているものの、ここ最近は叔母からの嫌がらせが過熱したこともあって筆が乗らなかったのだ。一ヶ月近く返事を出せずにいたが思い切って手紙を投函した。

それから駅へ行き、路面電車で移動する。本来なら用心のため使用人を連れて街を歩きたいところだが、そこまでは許されていない。港の本社へ行けば、叔父の秘書たちがいる。しかし、彼らとの接触も叔父から許されていないので頼れず、ひとりで行くしかない。

「そうだわ。瀬島さんに会えるかしら」

ゆるやかな潮風を浴びながら彼の顔を思い浮かべつつ淡々と東京までの道を行く。

街は華やかで、着飾った人々が多い。女学生や職業婦人なども行き交い、ちらっと振り返って彼女らを見つめるも、すぐに目を逸らした。

自由な彼女たちを羨ましいなどと思ってはいけない。そう言い聞かせて、書き留められた住所を訪ねる。

「ごめんくださいまし」

通りに面した瓦屋根の家屋はいかにも庶民的で、開きっぱなしの戸口から顔を覗かせる。

商社の社長や財界の重鎮などの調理補助を任されるという腕利きの料理人は気難しそうな老爺《ろうや》であり、いかめしい仏頂面で絹香を出迎えた。

「おや、これはどうも……わざわざ絹香お嬢様にご挨拶をしていただかずとも、寛治様から直々にご連絡いただいておりましたのに」

「え？」

絹香は眉をひそめた。

「ご挨拶をするよう叔母上から仰せつかったのですが……」

すると、玄関の奥から家の者たちがヒソヒソとささやき合っているのが見えた。

「どうしてここまで……」

「わざわざ来なくても……」

そんなふうに言っているのが聞こえて、たちまち目の前が暗くなった。もしかすると叔母は、こうして恥をかかせるためにわざと遣いに出したのではないか。そんな思惑を読み呆然《ぼうぜん》としてしまう。

「あ、申し訳ありません。しかし、こうしてお会いできて光栄でございます。当日はぜひ我が御鍵家のため、ご尽力くださいませ」

そう早口に押し切り、主人の手を握って微笑む。すると、主人は曖昧に笑った。

「それでは、ごきげんよう」

絹香は家にも上がらず、踵《きびす》を返した。

「お嬢様、お茶でも……」

「いいえ、早く帰るよう言いつけられておりますので」

頭が真っ白になり、とにかく逃げたかった。

ふいに八年前の——父の葬儀に駆けつけたあの記者たちののっぺりとした顔が脳裏をよぎる。なんだか、あの屈辱と似ていた。

「……笑うのよ、絹香。こんなこと、なんでもないでしょう」

小さく呟《つぶや》いて鼓舞すれば、心が落ち着いていく。

なんとか遣いを終えることができたのだ。まだ少し時間に余裕があるかもしれない。

絹香は心の疲弊を押し込んで、大学の道を探した。通りすがりの人に道を訊《たず》ねて歩けば、先ほどの屈辱が薄れていった。

大通りには人々が行き交い、学生服の集団や軍服姿の規則正しい足音も聞こえ、大層賑《にぎ》やかだ。横濱も活気があるが、この都は別格で、石畳と建ち並ぶビルディングが近代的で華やかさを放つ。車の通りも多い。

絹香は気をつけながら歩いていたつもりだった。しかし、人混みの中を縫うようにして走ってくる車にまで気を回すことはできなかった。「危ない！」と鋭い悲鳴にも似た声が、まさか自分に浴びせられているとは思いもよらない。

体が強張って動けない。すると、後ろから誰かに抱きすくめられた。

「まったく……死にたいのか？」

深い男性の声が頭の上から降り注ぐ。気がついた時には車は脇で停まっており、人々が運転手を引きずり下ろそうとガヤガヤしている。

絹香は道に尻餅をついていた。しかし、その後ろには温かな壁がある。

「おい、君」

またも頭上から声が聞こえ、ハッとして顔を上げると、切れ長の目が不安そうにこちらの様子をうかがっている。色白の端正な顔立ちをした青年だった。青みがかったスーツに揃《そろ》いの帽子をかぶっている。身分の高そうな紳士だ。

「あっ、も、申し訳ありません！」

「いや、無事ならよいのだが……少しは気をつけて道を歩きたまえ。その綺麗な着物より命が惜しいなら」

彼は安堵《あんど》しながらも厳しく言った。

着物を汚したくないから動かなかったのだと思われているようだ。しかし、なにも反論できず、ただしおらしく顔を伏せるしかない。時間差で心臓がバクバクと大きく音を鳴らし、冷や汗が背中を伝う。

怖かった。どんな罵倒や嫌がらせも慣れていたのに、大きく無機質な機械が迫ってくることがこれほど恐ろしいものだとは想像もしていなかった。

頭が真っ白で声が出ない。そんな絹香に、青年は呆《あき》れたように苦笑する。

「立てるか？」

彼は絹香に手を差し出す。うながされるまま立ち上がるも、次の瞬間に左足首から鋭い痛みを感じた。ガクッと体勢を崩すと、彼が慌てて抱きすくめる。

「足が痛むのか？」

「えぇ……そのようです」

痛みに顔を歪《ゆが》めつつも、絹香は口元に笑みを浮かべた。すると、彼は形のいい眉をひそめた。

「奇妙な顔をして笑うな、君は。そうつらそうに笑うんじゃない」

「えっ……」

思わぬ言葉に戸惑う。

この身には不可思議な治癒の異能が宿っている。これくらい、すぐに治る。しかし、人前で使うのは利口ではない。絹香は青年の手を取りながら、歩けるかどうか試した。ズキズキするが、壁伝いに歩けばなんとかなる。あとは近くの物陰に隠れて異能を使えばいい。

「大変失礼いたしました。どうぞお気になさらず……」

「なにを戯《たわ》けたことを。この私に怪我をした淑女を見放せと言うのか」

　意外な言葉に絹香は両目をしばたたかせた。

「い、いいえ。そんなつもりは……」

「では、問題ない。家まで送ろう」

　青年はさも当然のように言った。

「案ずるな。いま、車を用意する。どのみち、私の用事はすでに終わった。急ぎ、病院に向かおう。それよりも君の主治医に見せた方がいいだろうか」

　絹香はますます困惑し、とにかく首を横に振った。

「どうぞ、お構いなく。わたしは、そのようにしていただく身分ではございません」

　咄嗟《とっさ》に出た言葉に絹香はハッとし、口に手を当てる。青年も目を見開かせて驚きの様子をあらわにした。そして、まじまじと不審そうに見つめてくる。

「君、御鍵商社のご令嬢だろう？　名を絹香といったか」

「えっ……」

どうして名を知っているのだろう。どこかで会ったことがあるだろうか。こんな美しい男性を忘れるはずがないが、すぐには思い当たらない。

すると、彼は絹香の着物を指した。

「その着物は御鍵商社の製品だ。それに、御鍵家は昔から話題に事欠かない。知らぬ者はいないだろう」

その言葉に絹香はすぐ合点したが、先に素性を当てられるのはいい気がせず、警戒心を顔に張り巡らせた。

「失礼ですが、お名前を伺っても……？」

訊《き》くと、彼は柔らかく口元だけで笑む。紳士らしく帽子を取って優雅に名乗った。

「長丘敦貴という。名くらい、聞いたことはあるだろう？」

「な、長丘様!?」

仰天のあまり目眩《めまい》がした。

長丘家は明治維新後に名を挙げ、国家に勲功ある者として華族となった名家である。

また、次の週末に御鍵家と取引をする相手。そんな子爵家の令息に助けられるなど、叔父や叔母に知れたらどうなるか。

絹香は開いた口が塞がらなかった。

「さて、もういいかな。ギャラリイが面倒だ」

その言葉に、絹香は周囲を見渡した。今や事故を起こした運転手は通行人から非難の嵐を受けており、怪我をしたこちらのことなど考えていないようだった。

絹香は迷った。しかし、答える間もなく敦貴が絹香を抱き上げる。

「えっ⁉　あの、長丘様……⁉」

公衆の面前で抱き上げられるなど、それこそ大変な騒ぎになりかねない。

「しっかりつかまっていないと、落ちるぞ」

「っ⁉」

慌てて彼の首に手を回すと、敦貴は満足そうに「うん」と小さくうなずいた。絹香はまともに顔が見られず、ただただ彼の肩に顔をくっつけている。

「米田《よねだ》。病院へ車を回せ」

「かしこまりました」

運転手と思しき男性の声が聞こえるが、絹香は顔を上げられずにいた。すると、敦貴が言った。

「絹香嬢、そうくっついていたら車に乗せられない」

「申し訳ありません……！」

「よほど痛むのだな。やはり先に医者へ行こう。御鍵殿には私から連絡する。それでいいな？」

「……はい」

彼の素性を知った今、逆らえるはずがない。華族であることも理由のひとつだが、なにより御鍵家の今後を左右する存在になるやもしれない相手だ。

敦貴は絹香を優しく慎重に車の中へ乗せた。

車とは、てっきり人力車なのだと思っていたが四輪車だった。心地いい革張りの座席、そして前方には運転席が。

先ほど車にぶつかりかけたこともあり、絹香は体を強張らせていた。だが、そんな心配もよそに敦貴は絹香の横に乗り込んでくる。

運転手の米田が車を発進させた。屋根はあるが扉がない。動き出せば、絹香はヒヤヒヤした。

「安心しろ。米田はあんな危険運転はしない」

まるでこちらの心を見透かしているみたいに、敦貴がサラリと言う。

絹香はようやく彼の横顔をうかがった。

すっきりとした目尻は凛々《りり》しく、長い睫毛《まつげ》が優美さを醸し出す。高い鼻に、薄い唇。その下に小さなほくろがある。女性的な儚さもあり、しかし首筋は太く、そこから下ればしっかりとした胸板があり、誰もが身を委ねたくなるような男性だ。

しかし、絹香は彼の表情から冷ややかさを感じていた。冷酷ではないと思うが、人好きのするような明朗さもない。端正な顔立ちがそう思わせるのか。

「なにか？」

見つめていると、彼は前を向いたまま訊く。口元は笑っているが、目元はいっさい笑っていない。

「いいえ」

絹香は慌てて正面に顔を向ける。不思議な空気をまとう彼の横で、とにかく心臓の音が聞こえないよう胸を押さえるしかなかった。

病院へ行くのは随分と久しぶりだった。叔父に引き取られてから一度もなく、そもそも絹香にその必要はなかった。

大きな病院は無数の医者や看護婦が行き交う。

その処置室で絹香は丁寧な診察を受けた。やはり足首を挫《くじ》いてしまったようで、湿布薬を塗られ、その上から綺麗な包帯を巻いてもらった。まだ痛むが、家に帰ったらすぐに治そうと絹香は思う。

その間、敦貴は重厚な院長室の電話から御鍵商社へつないでいた。

「心配には及ばない。絹香嬢は責任を持って、私が送り届ける。その旨を社長へ伝えるように」

処置をしてもらった後、おずおずと彼の元へ行けば、そんな声が聞こえた。敦貴が伝えたのは、おそらく叔父の秘書か事務員だろう。直接話をしたわけではないと悟り、安堵と不安が半々のまま立ち尽くす。

「処置は済んだか」

彼は絹香を見ずに訊いた。

「は、はい！」

絹香は飛び上がって返事をした。そして、慌てて床へ膝をつく。

「このたびは長丘様のお手を煩わせたこと、大変申し訳ございませんでした。どのように御恩をお返ししたらよいか……」

「そう堅苦しいのは結構だ。まぁ、『怪我人を目の前で放置した』などと騒ぐ連中がいるかもしれんからな。いつどこで名に傷がつくかわからない」

彼は無感情に言葉を吐き出し、くるりと振り返った。

「やめなさい。怪我が悪化したら、それこそ本末転倒だ」

その言葉はもっともであり、絹香はすぐに立ち上がった。

「ありがとうございます、長丘様」

絹香はためらいつつ、彼の顔を正面から見つめた。

──やっぱり、不思議だわ。

冷たく、淡々としているのに言葉が優しい。彼の言動は身につけた服と同じように完璧で、一分の隙も見せない。

「では、絹香嬢。家まで送ろう。社長へはこちらから話を通してある」

「はい……なにからなにまで誠にありがとうございます」

深くお辞儀すると、敦貴がサッと脇を通り過ぎた。彼はドアを開け、絹香に手を差し出す。絹香はその手を取り、院長室を出る。世話になった医者に挨拶し、今度は自力で敦貴の四輪車へ乗り込んだ。

まるで、お姫様にでもなった気分だ。いつも〝華族ごっこ〟をしているのに、こういう時に限って優雅な動きがままならないことが悔やまれる。

そんな最中、米田が運転するフォード・モデルに向かって口笛を吹く人がいた。女学生たちの黄色い声も聞こえてくる。若い学生らにとって、高級製品である四輪車を乗りこなす上流階級は憧れの対象だ。

学生服の群れを横切り、絹香はふと瀬島の姿がないか少しだけ気になった。書生の彼を見つけさえすれば、あとは「この人と一緒に帰ります」などと理由をつけて車を降りられるかもしれない。

しかしそんな願いも虚しく瀬島を見つけられないまま、車は山道へ差しかかった。

人通りもまばらになっていく。木漏れ日の中、蒸気自動車の音だけが鳴り響き、絹香も敦貴も口をつぐんでいた。

「随分と熱心に誰かを探していたが、もしかして恋人か？」

沈黙を破ったのは敦貴の静かな声。突然の問いに、絹香は驚いて彼を見つめた。

「なにをおっしゃって……」

「見ていればわかる。さては男との逢引《あいびき》の途中だったかな？　その相手は学生か」

違うかい？と目で確かめてくる。その異様な鋭さに絹香は素直に舌を巻いた。しかし、彼の見立ては半分ハズレだ。

「……恋人ではありません」

「隠さなくていい。そもそも、君みたいな令嬢がひとりで街をうろつくという理由が皆目わからない」

「お、お遣いに、ここまで来ただけです」

「だったら使用人はどうした？　それとも、御鍵家では大事なご息女をひとりで遣いに出すのが通常か？」

そう矢継ぎ早に問われれば、なにも言えない。

確かにそのとおりだ。ひとりで出かけるなんて最初から奇妙だった。これに気がつけないくらい社会から隔絶されていたのだと改めて知る。

絹香は黙り込んだ。それを肯定と受け取ったようで、敦貴は冷笑を浮かべた。

「ほう、家人に言えない秘密の恋愛か……恋だの愛だの、近頃はそういうものが流行っているが、よくもまぁそんな面倒なことをする」

「だから違います。瀬島さんとは、そのような関係ではありません！」

絹香は思わず声をあげた。途端に敦貴と目が合い、その深い瞳に好奇の色が浮かんでいるのがうかがえた。なんだか彼の術中にはまっているような気がしてならない。

「なるほど。からかってすまなかった」

そう謝る彼だが、口元には笑みを浮かべたままだ。まだ疑われているような気がし、絹香は仕方なく弁明した。

「瀬島さんはうちの書生さんです。その方にお会いできるかもしれないと思っただけでして、それ以上の関係はございません」

「ふむ……その瀬島という男、君が受けている仕打ちについてはなにか知っているのかな？」

その言葉が絹香の心に鋭く切り込んでくる。

「え？」

「君が受けている仕打ちだよ。ひとりで出歩かせる、遣いに出す、おまけに君の叔父上は君が怪我をしたと報告を受けても応対しようともしない。異常だ。これを問題にせず静観するのはどうかと思うがね」

「いえ、でも……」

絹香は言葉と共に唾をゴクリと飲んだ。

叔父との不仲に瀬島は関係ないが、敦貴の指摘も一理あるような気がしてならない。瀬島は絹香の身を案じているような素振りがあるものの、表立って叔父に意見しようとしなかった。主人と書生という関係なのだから、意見しないのは当然だろう。

しかし、敦貴の言葉が腑《ふ》に落ちていく自分もいて、絹香は戸惑った。

この長丘敦貴という男は、人の心を見透かす異能でも持っているのだろうか。

訝《いぶか》りながら盗み見るも、彼はもう目を閉じてしまいなにも発することはなく、車内は再び沈黙した。

高級四輪車は道をすべるように走っていく。緑を抜ければ海が目の前に広がる。暖かい風が途端に冷たい潮風へ変わり、傾いた陽に照らされてキラキラと輝いていた。

この景色が近づくにつれ、絹香の心臓は早鐘を打つ。

そうこうしているうちに、無言のドライブが終了した。米田は迷うことなく御鍵寛治邸へたどり着き、車を停めて事務的に告げた。

「到着いたしました」

「あ、あの、ありがとうございました」

絹香は思わず運転席に声をかけた。すると、米田はこちらを見ずに会釈した。

車から降りて手を差し出す敦貴の手を絹香は素直に取り、チラリと運転席を見やった。初老の男性は静かに目をつむったまま動かない。見えていないだろうが、改めてお辞儀した。

絹香は敦貴に支えられながら小さな鉄門を開けた。敦貴を伴っているので、いつも出入りしている裏手口は使わず表の玄関から入る。ガラスがはめ込まれた木製の玄関にはランプが灯っていた。

扉を開ける手が少しだけ震える。先ほどあった彼の発言もまだ頭の中に残っており、急激な不安に襲われた。

「た、ただいま戻りました……」

努めて冷静に声をかけるも、恐怖心を拭うことはできなかった。

すぐに玄関ホールで若い娘の使用人とばったり出くわす。彼女は絹香の姿を認めるなり、敦貴に挨拶もせず弾かれたように居間へ走った。

「奥様！　絹香さんがお戻りです！」

後ろに控える敦貴の来訪も一緒に伝えてほしかったが、そこまで気を回せなかったようだ。

「この嘘つき！　いったい何時だと思っているのっ！」

叔母の金切り声が玄関ホールにまで響き渡り、絹香はさっと青ざめた。

敦貴が懐中時計を出したので、絹香はすかさずその脇から盗み見る。

現在、十七時。約束の時間から二時間も経過しているので叔母が怒るのも無理はないが、今は敦貴がいるので騒ぎを起こしたくない。凶悪な咆哮《ほうこう》を放ちながら玄関ホールに出てくる叔母を食い止めるため、すぐさまホールの扉を細く開けて懇願する。

「叔母様！　どうか、今は抑えて……お客様の御前です」

それだけ小声で言って扉を開け放つと、疑心たっぷりな叔母が顔を覗かせた。

「あ、あら……その方は？」

いつも頭ごなしに怒鳴り散らす叔母も、美青年を前にしてはうろたえて勢いをなくすようで表情を引きつらせた。もしくは絹香が男を連れてくることが想定外で、困惑しているのやもしれない。

「こちら、長丘敦貴様です。わたしが事故に巻き込まれてしまい、助けていただいたのです……叔父様にも連絡がいっているかと」

後ろの言葉は叔母にしか聞こえないよう彼女の耳元でささやいた。

この時間ならば叔父も帰っている頃かもしれない。しかし、この夫婦仲は冷え切っており、会話もろくに交わさない。

絹香は焦りと緊張で心臓が張り裂けそうだった。一方、叔母はぎこちなく微笑み、敦貴へ深々とお辞儀する。

「これはこれは、遠路はるばるご足労いただき、誠に恐縮でございます。まさか、この子が長丘様のお手を煩わせるなど……後できつく叱っておきますのでどうかご勘弁を」

叔母はしどろもどろに言い、彼を邸の中へ案内した。敦貴も会釈したが、帽子を取らなかった。

「主人からも長丘様へお礼をぜひ。さぁ、どうぞお上がりになって」

「失礼」

敦貴はそっけなく返し、ようやく帽子を取ると、叔母の案内で邸の中へ入った。

絹香は戸惑うまま、その後ろをついていった。廊下の突き当たりにある居間の扉を開けると、待ち構えていたかのように外行きの服装の叔父がいた。突き出た腹と赤ら顔、灰色の髭《ひげ》をたくわえた、見た目は父にそっくりな叔父、寛治である。

「あぁ、長丘様。このたびは絹香がお世話になりました」

敦貴の目の前では叔父も叔母も名演技を披露する。絹香は心底呆れたが、この読心術家の目を欺くことなどそう簡単にはいくまいと考えた。

敦貴はさっさとソファに座り、叔父たちをジッと観察しながら口を開いた。

「まさか商談パーティーの前にこうして相対するとは思わなかったが、これもなにかの縁でしょうな」

「いやはや、とんでもないご無礼をいたしまして。昔からこの娘はお転婆なところがございましてね。十八となった今でもまだ嫁のもらい手がないのですよ」

叔父が笑いを交えながら言う。縁談を寄越さないのは叔父の意向だが、絹香は反論できるはずがなく黙って聞いているしかない。

するると、敦貴も同様に笑った。

「なるほど。では、絹香嬢をうちで預かり、行儀見習いでもさせてみようか。どうだろう？　その方が御鍵家のためにもなりそうだ」

敦貴の提案に、この場にいる誰もが目を丸くした。

「はい？　絹香を、長丘様の元に、ですか？」

叔父が慌てて問うと、敦貴は足を組んでふんぞり返った。どこまでも優位な彼の振る舞いが、余計にこの場の焦燥を煽《あお》る。

叔母は目を白黒させ、叔父も挙動不審になって言葉を探していた。

「そんなそんな、とんでもない……絹香を長丘様の元に置くなど……この娘は礼儀作法もままならないのです」

「だからそのための提案だ。しかし、礼儀作法がままならないのは彼女ではなくあなた方ではないかな」

滑らかな声音はとても冷ややかだ。絹香は天井を仰ぎたい気持ちに駆られたが、敦貴は構わず後を続ける。

「先ほど、ご夫人が絹香嬢を怒鳴りつけていた。いいや、他にも不審な点がある。絹香嬢の健康が危ぶまれているのではないかと私は懸念しているんだよ」

敦貴の声は茶会で世間話をするかのように軽やかではあるが、相手を黙らせるほどの力を持っている。

言葉をなくした叔父は絹香を睨んだが、すぐに不気味な笑みを浮かべた。その意味を読み取り、絹香はおずおずと口を開く。

「も、申し訳ありません、長丘様。そのお申し出はご遠慮させていただきたく……」

消え入るような声で断ろうとすると、敦貴は目を細めた。

やや時間を置いた後、敦貴は不満げに「ふむ」とうなずく。

「であれば、仕方ない。君は器量もよさそうだし、私の秘書として働いてもらいたかったのだが……まぁ、気が変わればいつでも連絡したまえ」

次々と出てくる言葉の意味がわからないが、思ったよりもあっさりと引かれてしまい、絹香は拍子抜けした。

「では、パーティーでまた。その際にはよい返事が聞けるといいのだが」

そう締めくくって彼は立ち上がり、使用人に持たせていた帽子を取る。

スタスタと居間を出ていく彼を、叔父たちは見送ることもできないほど放心していた。絹香も同じく呆《ほう》けていたが我に返り、慌てて廊下に出る。

「あ、あの、長丘様!」

「なんだ。もう気が変わったのか?」

立ち止まって振り返る敦貴。

「いいえ、そんな大層なお役目、わたしに務まるはずがありません」

咄嗟に正直な気持ちが口から飛び出せば、彼は眉を曲げて不満をあらわした。

「そうか。残念だ。君をこの家から解き放とうとした私の厚意が無になった」

「はぁ……あの、なぜそこまでのことを……?」

敦貴の厚意はありがたく恐縮するものだが、手を差し伸べてくれる理由がいまいちわからない。すると、敦貴も首をかしげた。

「紳士たるもの、君みたいな美しい女性が困っているのを放っておくことはできない。さっきもそう言ったじゃないか」

「……………」

絹香は不信感を抱き、しばし無言になった。これがもし想いを馳《は》せる殿方の言葉なら頬を紅色に染めているだろう。だが、彼の言葉はあまりにも淡々としていて熱がない。

「ほ、本気でおっしゃってます？」

「本気だよ。まぁ、初めはこんなにも不遇な令嬢だとは思わなかったが……これで御鍵家の劣悪さが明るみになったな。もっとも寛治氏はクサイと睨んでいたのだが、君のおかげで探偵を雇わずに済んだよ」

そう言うと敦貴は「クッ」と冷たく笑った。御鍵家の弱みを握るような物言いに、絹香は今度こそ天井を仰いだ。この八年間、家のため会社のためと耐え忍んできたのに、一番知られてはいけない人に知られてしまった。

絶望のあまり無意識に苦笑を漏らす。すると、彼は絹香の髪を手の甲で撫でた。

「君みたいな美しい女性に憂い顔は似合わない。もう少し自分を大事にしたらどうだ？　この髪や着物みたいに」

絹香はもうなにも言えず「はぁ」と気の抜けた声で返事した。すると、敦貴は残念そうに踵を返してゆっくりと玄関ホールまで歩いていく。その背中をただ黙ってついていくと、彼は絹香に聞かせるようにひとりごちた。

「君を邸に招いて、そうだな……秘書もいいが、私の〝恋人役〟はどうだろう。君はなんだか他の娘とは違って思慮深いようだからちょうどいい」

「こ、恋人役……？　あの、それも本気でおっしゃってます？」

突拍子もない言葉にだけはすぐに反応できた。

恋人役とはなんだろう。考えてみるも頭が働かず、また後ろからついていくだけでは彼の思考を読むことは不可能だった。

「本気だよ。謝礼も弾む。金で雇う〝恋人役〟だ。こちらの都合だから、乗り気じゃないなら詳細を話す義理もないが」

それにしては脈絡のない申し出だ。熱烈に誠意を込めた愛の告白ならば喜んで受け入れただろうが、陰気な玄関ホールの真ん中で事務的に告げられては現実味がない。愛の告白ではないのだから当然ではあるのだが。

顔をしかめていると敦貴が振り返った。帽子の下にある双眸《そうぼう》は真剣そのもので、絹香は困惑するばかりだった。

「とにかく、気が変わったら私の元へ来るといい。この家に死ぬまで尽くすというのなら、なかったことにしよう。あぁ、見送りはここで結構だ。養生するように」

彼はくるりと踵を返して玄関を出ていった。バタンと扉が閉まるまで、絹香は呆然とする。

その場にゆるゆるとしゃがみ込むと、思い出したように足首が痛んだ。すぐに触れれば湿布の下にある断続的な痛みが徐々に和らぎ完治していく感覚がした。

「はぁ……」

だが、その安らぎも束の間で、ため息を漏らすと同時に叔父の怒声が耳をつんざいた。

「絹香！」

すぐに立ち上がり、乱れた髪と着物を整えながら居間へ入る。

叔父は絹香を忌々しそうにつま先から頭まで睨みつけた。叔母は主人の手前、黙っているが、威圧たっぷりに絹香を見ている。

「どういうことだ？」

叔父は口の端を痙攣《けいれん》させながら静かに訊いた。

しかし、なんと説明すればいいかわからない。答えが見つからず、絹香は顔を強張らせるだけだった。すると叔父は声を荒らげ、洋杖《ステッキ》を振り上げた。その威嚇に怯《おび》える。

「答えろ！　なぜあの若造がお前を欲しがる？　お前、さては色目でも使ったのか？　え？　この卑しい化け物が！」

その罵声に絹香は身構え、目をつむる。

しかし、叔父はなにもしなかった。絹香を見下ろし、憎々しげになじる。

「お前など、なんの価値もない。そして、この家を出ることは許さん。これからも永遠に！」

この家から出られない。その言葉が強く耳に残り、恐怖と絶望に縛られる。

一視が一人前になって戻ってきたら、この家を去って自立するつもりだった。どこか遠くの家に嫁ぐか、身分を隠して働きに出るのもいいだろう。毎日、罵声を浴びせてくる叔父と叔母は、自分がいなければ幸せなのだと思っていた。

「お、叔父様は、わたしがお嫌いなんでしょう？　どうして、わたしを引き取ったのですか？」

思わず問うが、答えはなんとなくわかっている。だから、彼の口が嘲るように吐く言葉も容易に想像できた。

「お前はこの家の飾り。意思などいらん。ただの人形だ」

そうだ。自分は社会的体裁のために引き取られただけの人形。理解していたはずだが、改めて突きつけられれば衝撃のあまり全身が震えた。

話が済んでも、絹香は自室へ行く気にはなれなかった。この家から逃げたい。だが、その術がない。道は塞がれ、どこにも行き場がない。

台所の丸椅子に座り込んでぼうっと考え事をしていると、敦貴の言葉が脳裏をよぎった。

――〝恋人役〟って……。

「ううん。ありえないわ。この家からは出られないんだから」

急いで振り払う。無駄な希望は持つまい。

陽が暮れてきたから、そろそろ瀬島が学校から戻ってくる。とにかく彼に相談してみよう。この悲しみを誰かに打ち明けたい。

そう思っていると、裏口から瀬島が顔を覗かせた。目元には疲労があり、いくらか狼狽《ろうばい》しているよう。だが、絹香の胸中も不安でいっぱいだったので気遣う余裕がない。

「瀬島さん」

「やぁ、ただいま」

「おかえりなさい。あ、あの、お話があるのだけれど」

「奇遇だ。僕もあなたに話があります」

いつになく瀬島は強い口調で絹香の声を遮った。

彼の話を聞くべく絹香は先を促した。すると、瀬島は頬を引きつらせながら笑った。

「絹香さん、あの男、誰？」

唐突な問いに拍子抜けしていると、瀬島は苛立《いらだ》つように眉を吊り上げて絹香に迫った。

「あの男だよ。身なりのいい、あの男。君、今日は東京に来ていたんだね。それで、あの男とどこかへ出かけていたと」

「もしかして、長丘様といるところを見ていたの？」

「長丘――そうか、例の要人か。確か、華族の」

低く呟くと、彼は肩の力を抜くように苦笑した。そして、絹香を抱き寄せる。

「ちょっと、瀬島さん、なにを……！」

「見ていましたとも。あなたがあの男と一緒にいるのを。なんだか綺麗に着飾って、随分楽しそうだなって」

思わぬ言葉に、ひやりと肝が冷えた。

「僕はあなたを愛しています。お会いした時からずっと。不遇なあなたを大事にしてきたのは僕だけだった。それなのに、あなたは気づいてくれない」

力強く抱きしめる瀬島の力に絹香は怯えた。そんなふうに見られていたとは思わず、また彼を異性として意識していなかったこともあり、申し訳ない気持ちになる。

「瀬島さん、ごめんなさい……わたし、あなたと一緒にはなれないわ」

「なぜ？」

訊き返す彼の声が暗がる。

「叔父様が、わたしをこの家から出さないって……」

「それなら僕がこの家に入ればいい」

すかさず瀬島の柔らかな声が耳元を撫でた。その甘やかな吐息に体が硬直する。家から出たい気持ちが強く、その申し出は受け取ることができない。そんな絹香に構わず瀬島は嬉々《きき》として後を続ける。

「夫婦になろう。そして、この家で暮らそう。叔父上には僕からお願いするから」

「瀬島さん、そんなにわたしのことを想ってくれるなんて……ありがとう。でも、やっぱりそれはできな――」

「嫌だ！　そんなこと言わないでくれよ。あなたは僕のものだ」

いっそう強く抱きしめられる。彼の強烈な想いが恐ろしく感じられ、身をよじって逃れる。

「やめてください！」

改めて彼の顔をうかがうと、瀬島は動揺しているのか両目を大きく開いていた。

「でも、誰にも渡したくないんだ。ここまで言ってもまだわからないかい？　あなたを愛せるのは僕だけだ。あなたが化け物でも、僕なら全部愛せるよ」

そうささやいて、彼は絹香の頬に触れた。今朝にも感じたものと同じ冷たさに身震いする。

「化け物……あなたまで、そう言うの？」

言葉にして吐き出すと、無意識に涙が目尻からこぼれ落ちた。

彼だけは叔父や叔母、他の使用人たちとは違い、絹香の異能を知っても態度を変えずに接してくれていた。むしろ友好的で、気にかけてくれているようだった。しかし、信頼していた彼も心の内では叔父たちと同じように考えていたのだろう。

するとと瀬島は怯《ひる》むようにさっと手を引っ込めた。絹香から離れ、台所からそそくさと逃げていく。

一方、絹香はその姿を目で追いながら、その場に立ち尽くしていた。どんな罵倒よりも耐えがたいものだった。強い喪失感を覚える。今まで散々痛めつけられた体だが、どんな傷よりも心が痛い。

絹香はたまらず台所の裏手口から外へ出た。

「……っ」

唇を噛んでも涙は止められない。堰《せき》を切るようにどんどんあふれていく。少し歩いて、あぜ道の脇でうずくまるも、頭の中は真っ白だった。

「もし。そこの君」

唐突に、深い男性の声音が降りかかってくる。ハッと顔を上げると、そこには涼しい顔つきの長丘敦貴がいた。

「どうして……お、お帰りになったのでは」

「君が出てくるまで待っていたんだよ。あんなことがあった後だ。なにか起きるだろうと思っていた……読みどおりだったな」

だが、彼の声は相変わらず感情がこもっていない。絹香は慌てて涙を拭った。

敦貴は軽薄に抱きすくめるでもなく、ハンカチを差し出すわけでもない。ただ、その場で絹香の様子をうかがっている。そんな彼の前では、乱れた心も不思議と落ち着いていった。

「あの、長丘様……」

絹香は努めて冷静な声を出した。

「わたしを長丘様の恋人役に取り立ててもらえるというお話、具体的にはどういうことだったんでしょうか?」

「ほう、気が向いたか」

「……興味があります」

もうあの家に居続けることはできない。限界だ。

これまでどんなに心を殺し『化け物』だと罵られても、異能で傷口を塞ぐかのごとく心の傷を隠して生きてきたが、結局はその場しのぎの荒療治であり深いところまでは癒やせないことをようやく悟った。

「よろしい。では話そう」

絹香の真剣さを読み取る敦貴も生真面目に腕を組んで言葉を紡いだ。

「私は常人より情が薄いそうだ。愛情なんてものもよくわからない。理解できない。それでもよいのだが——困ったことに許嫁《いいなずけ》が、私とは正反対の気質だ」

淡々と無感情に言う彼の言葉に嘘はないが要領を得ない。絹香は首をかしげた。

「と、言いますと?」

「つまり、彼女は愛情にあふれた生活をしている。一方で私は愛のない生活をしてきた。女と深い関係を築くこともなかったし、愛情を求められても返せない。だが、今後の夫婦生活に支障が出てはならないんだ。だから君を雇いたい」

「しかし、恋人とは雇うものなのですか?」

敦貴の提案は相手にとっては失礼千万だが、絹香も今しがた瀬島から歪んだ愛の告白を受けたこともあり正常な思考ではなかった。

絹香の真面目な問いに、敦貴も冗談めかすことなく平坦《へいたん》に返す。

「おそらく論外だが、私にも矜持《きょうじ》がある。取り急ぎ愛情とやらを習得しておきたい。であれば、雇う方がはるかに効率的だ。君も安全な寝床を確保できる。どうだろう?私と契約上の恋人になる気はあるかね」

次から次へと飛び出す無機質な言葉に、絹香は当然ながら不審を抱いた。

彼は本当に〝愛情〟を知るために尽くそうと考えているのだろうか。しかし、許嫁のためにまず女を知っておこうと考えているところ、彼女への敬意はあるのだろう。

「許嫁様には、恋人を雇う話をなされるのですか?」

「できないから困っているんだよ。もちろん他言無用でかつ至急だ。来年三月に彼女と結婚するまでの間、君は私と生活をする。契約終了後、君には手厚い支援をする」

それは、またとない好機だ。

絹香は敦貴を見つめた。心はすでに乾ききっている。彼の恋人を演じるくらい簡単だろう。

暗がりの中、絹香は姿勢正しく腰を折り曲げた。

「そのお役目、ぜひともお受けいたします」

凛として、はっきりと答える。顔を上げ、今までにないほど穏やかな微笑みを浮かべた。すると、彼も口の端をニヤリと吊り上げる。

「生意気な笑い方をする」

そう言いつつ、彼は美しい仕草で手を差し出した。

この手を取れば、もう後戻りはできない。そんな予感がしつつも、頭の中は浮かれることなくひんやりと冷静だった。

長丘邸は東京の中心街から少し離れた閑静な場所にあるという。洋装の彼とは違い、立派な日本家屋だった。真正面には大きな門がそびえ立ち、くぐり抜ければ立派な屋敷が目の前に広がる。周囲は森で囲まれていて、都会の賑やかさから隠されているようだ。

ここには敦貴と米田をはじめとする使用人だけが複数住んでいるという。

到着してすぐ絹香は使用人たちに迎えられ、なにも咎《とが》められることなく静かに床の間へ通された。い草の香りが鼻腔《びくう》をくすぐり、知らない家だと感じられる。

「ここで待っていろ。叔父上に連絡してくる」

敦貴は使用人たちを部屋の外へ待機させ、どこかへ向かった。絹香は部屋にひとり、残される。

待つこと数分。彼は静かに戻ってきた。

「ひとまず、今日のところは話をつけた」

「どうやって黙らせたんです？」

「なんてことないさ。私に逆らえる者はいない。とはいえ改めて後日、商談パーティーで君とのことを話し合う。君も同席したまえ」

「承知しました」

叔父たちは絹香を取り戻そうとするだろうか。しかし、敦貴の手を取った今なら怖いものはないはずだ。

「さて、君はひとまず客間へ案内する。好きに使うといい」

敦貴はそっけなく言い、さっさと部屋を出ていった。

彼は思わず見惚《みと》れてしまいそうなほどとても美しい。しかし、言動のせいかまったく心が惹《ひ》かれない。

使用人の案内を受け、絹香は息を整えて部屋を後にした。


一週間後――御鍵寛治邸にて。

混乱を避けるため、話し合いは商談パーティーが始まる前に行うこととなった。

飾り立てられた居間にはあの料理人が豪勢な大皿をいくつも用意しており、七面鳥の丸焼きは実に見ごたえのある一品だが吟味する余裕などない。陰鬱とした空気が漂う。

絹香は叔父と叔母、さらには瀬島の非難めいた視線に耐えながら敦貴の後ろに控えた。背後には米田が衛兵のように立っていたので、乱暴なことはされないとひとまず安堵する。

「絹香を預かりたいとは、どういうことですかな？　本当にこの娘を秘書かなにかに取り立てると？　そのような仕事が務まるとは思いませんが」

寛治は青筋を立てながらも笑いを交えて訊いた。一方、敦貴は冷たくあしらった。

「問題ない。この家で彼女の才を持て余す方がもったいない。御鍵家のご令嬢を、この私が気に入ったと言っているんだ。それに取引も再開させる。これ以上の不足があるのか」

「いいえ、不足など……ただ、この娘が長丘様に粗相をしでかさないか不安で」

しばらくごねる寛治だったが、敦貴の気品たっぷりな風格に圧倒されているのは目に見えて明らかである。叔母も瀬島も脇に控えてこの交渉を見届けていたが、あからさまに不満をあらわにしつつなにも言わない。

そんな不甲斐《ふがい》ない彼らをさらに追い詰めるかのごとく、敦貴は長いため息を投げつけた。

「はっきりしないな。では、言葉を選ばず正直に申し上げよう。彼女はとても心を痛めている。この家での仕打ちがあまりにも劣悪極まりなく、あなた方への信用もない。このことを公にすれば世間からの批判が――」

「ど、どうぞ、仰せのままに！」

敦貴の言葉を遮った寛治は大仰にひれ伏した。最初から最後まで敦貴が優位であり、この展開は避けようがない。

寛治の動揺ぶりを敦貴は満足げに眺めた。足を組み替えてソファにふんぞり返る。

「よろしい。これでパーティーが楽しめるな」

彼のその言葉に、御鍵家の者たちは全員凍った笑いを漏らす。絹香はやはり恐ろしくて顔を上げることはできなかった。

こうして絹香の身柄は敦貴の預かりとなり、事前にすべての盟約が結ばれた無意味なパーティーが終了した。

「ふぅ……」

長丘家へ戻り、ようやく緊張が解けた絹香はしきりに安堵の息を漏らす。邸に着くなりてっきり一週間過ごした客間へ向かうのだろうと思っていたのだが、応接間でひとり、待機させられていた。

ぼんやりと蝋燭《ろうそく》の灯りを眺めていると、使用人ではなく敦貴が顔を出す。

「絹香」

深い声音で呼ばれ、胸がドキリと跳ねた。彼は部屋着である着物をまとっており、上げていた前髪も下ろしていた。

「部屋の準備が整った。案内しよう」

「え?」

突然のことなので反応が鈍くなる。これに敦貴は片眉を曲げて不審そうに返した。

「今日からこの邸が君の住まいだ。あの客間では使い勝手が悪いだろう?」

「そんな……わたしにはもったいないです」

そう答えるも敦貴は「来い」と言わんばかりに無言で部屋を出ていく。その後ろを慌ててついていくしかなく、絹香は少ない荷物を抱えて長い廊下を歩いた。

使っていた客間よりも邸の奥深くへと進んでいけば、おもむろに敦貴が一室の前で立ち止まる。

そこは玄関から程遠く、窓から立派な枯山水が一望できる場所にあった。

無言のまま部屋の戸を開けて中へ入る敦貴の後ろから、絹香はこわごわ顔を覗かせるようにして一歩ずつ入る。

御鍵家で使っていた独房とは違い、殺風景ながらも広々として生活に必要なタンスや化粧台、文机、押入れなどがあり、とても使いやすそうだ。

床板に置かれた白い花瓶が大層美しく、そこに生けられた菖蒲《しょうぶ》が青々と鮮やかな色を放っていた。燃える行灯《あんどん》の火が温かい。

——やっぱりわたしにはもったいない部屋だわ。

そんなことを胸の内に秘めていると、敦貴が口を開いた。

「では、改めてよろしく頼む」

至って冷静に事務的な挨拶をする。その双眸には輝かしい光も希望も、愛も情もない。そもそも持ち合わせていない。そんな彼のために絹香は心を捧《ささ》げると誓う。

「はい、なんなりとお申し付けください」

静かに両手をついてかしこまると、呆れの笑いを投げかけられた。

「そう堅苦しくしないでくれ。私と君は恋人なのだから」

「はぁ、そうおっしゃるのでしたら……わたしは長丘様をどうお呼びしたらよいでしょうか」

律儀に問うと、敦貴は大して面白くなさそうに鼻で笑った。

「敦貴でいい」

絹香は顔を上げた。

廊下に立つ彼は、部屋着用の地味な着物をまとうだけで無気力そうになる。先ほどまで叔父と対峙《たいじ》していた凛々しい華族の青年とは思えない。

「では、敦貴様。ふつつかものではございますが、よろしくお願いいたします」

「あぁ」

彼はそっけなく返し、スタスタと廊下を歩いてその場から姿を消した。

絹香は息を整えて辺りを見回した。今日からここが住まいになる。

しかし緊張からようやく解放されたと同時に、一抹の不安を抱いた。恋人初日だというのに、出だしがこんなにも事務的でよいのだろうか。

偽りとはいえ、給金をいただくとなるならば、恋人らしく振る舞うべきではないか。これでは給金泥棒となってしまうのでは。

そもそも、こんなに立派な居を構える子爵家令息の恋人役とはなにをしたらよいのだろう。無事に契約終了まで命を果たすことができるだろうか。

思わず勢いで飛び込んだ世界だが、これが真っ当な仕事であるとは決して思えないのもまた事実で、だんだん現実を感じ始める。

「いいえ、これは不誠実な契約。愛なんかどこにもないのだから、しっかり務めるのよ」

絹香は頬を思い切り叩いて意気込んだ。しかし、あまりにも痛むのですぐに治癒した。

第二章　彼はまだ、恋を知らない

長丘敦貴は幼い頃から優秀だった。人間の動向を観察し、場の空気をいち早くつかみ、大人の要望にきちんと応える。それは由緒正しい血筋によるものだろう。

彼が生まれた頃より父は金融、諸外国との貿易、さらには学問まで幅広いビジネスを束ねる辣腕だった。母は文部大臣の家系に当たる名門華族令嬢であり、自ら教鞭《きょうべん》をとるほどの才女である。そんなふたりの血を色濃く受け継いだのだから、間違いなく優秀である。

しかし、彼には学友と呼べる相手も、張り合う同志も、羨望する師もいない。生まれついての天才にはごくありふれた家族の形もなく、幼くして与えられたのは巨万の富と確固たる地位。両親と過ごした記憶はなく、使用人たちに囲まれ手厚く大切に育てられた――。

「敦貴様は、人の心を読むのです」

米田がふと漏らした言葉に、絹香は耳を疑った。

弟への手紙を出しに行こうと、米田の運転する車で街へ向かっている。

「それは、いったいどういうことですか?」

「言葉どおりです。あの方は聡《さと》い。異能でも持っているのかと疑う者も中にはおりますが、そのような非現実的なものは皆無です。命が惜しければ妙な勘ぐりはされませぬよう」

米田の静かな声に、絹香は緊張した。

するとう、彼はバックミラーでチラリと絹香を盗み見る。

「なにも脅しているわけではありません。あなたと敦貴様のことを知っているのは私だけです」

絹香に使用人は与えられていない。出かけの際に米田をつける程度である。他の使用人に敦貴との契約を知られてはならないためだが、米田だけでも十分だった。

「もっとも、私は敦貴様が誰かに興味を持つことを多少なりとも嬉しく思っております」

それにしては感情が乏しい。長丘家で過ごすようになって二週間経ったが、どの使用人も表情が変わらない人形のようなので不安に思っている今日この頃だ。それはこの米田も同じで、彼は言葉とは裏腹に沈着冷静で心が読めない。

「ともかく、敦貴様の前で感情をさらけ出すのは厄介です。あの方は人の言葉の裏を見て、こちらの感情を読み取ろうとします」

「そうなんですか……そんな方が慕う許嫁様とは、いったいどんな方なんでしょう？」

絹香は率直に訊いた。

「名は矢住沙栄《やずみさえ》様。『矢住外貿株式会社』のご令嬢です。敦貴様は対応にお困りのようですが……なにせ、おふたりは愉快なほど性格が正反対で」

敦貴曰く沙栄は『愛情にあふれた生活をしている』とのこと。確かに正反対なふたりのような気がしてならない。

「しかし、これは沙栄様が生まれた頃から両家の父君が会社の統合を約束するために取り決められました。端的に言えば政略結婚でございます」

米田の流れるような説明に、絹香は感心した。

「では、沙栄様は幼い頃から敦貴様との婚姻を言い聞かされて育ったのでしょうね。将来を約束されたお相手との婚姻はさぞ夢のようでしょう。敦貴様は王子様ですね」

もちろん、沙栄にとっての王子様だ。そんな絹香の言葉に、米田は初めて笑った。

「ははぁ、なるほど。〝王子様〟というのは西洋の寝物語に出てくる皇族のことですな」

「えぇ。矢住外貿のご令嬢ならば、知っているやもしれませんね」

なんとなく想像がつく。絹香もまた幼い頃がそうだったからだ。諸外国との貿易を生業にする家柄ゆえ、各国からの嗜好品《しこうひん》や工芸品、現地の読み物などがお土産だった。両親のような恋愛結婚も魅力的だが、幼い頃から約束された婚姻というのも乙女ならば誰しも心ときめく夢のひとつ。そんな望みは叶《かな》わないと知りながら、絹香もつい最近までは素敵な殿方との婚姻生活に妄想を膨らませていたものだ。

思わずため息がこぼれる。沙栄と同じ貿易会社の令嬢なのに、どうして今はこうも立場が違うのだろう。

「絹香様」

米田に呼ばれてハッと顔を上げると、車はいつの間にか郵便局の前に着いていた。

「あ、ありがとうございます、米田さん」

「礼には及びません……あの、絹香様」

彼は少し言いよどんだ。

「なんでしょう？」

「敦貴様は完璧主義です。ゆえに、妻となる方の期待を裏切ることができないのではないでしょうか。そうお見受けします」

「………」

「ですから、敦貴様をよろしくお願いいたします。こんなことを頼むのは、なんだか筋違いのような気がしてなりませんが」

米田の声は迷いを含んでいた。これにどう答えたらよいかわからず、絹香は曖昧に笑って車から降りた。

急いで郵便局へ手紙を預け、長丘邸へ戻ることにする。車に戻ると、米田が静かに訊いてきた。

「お買い物などはよろしいのですか？」

先ほどのぎこちない空気はすでに失せ、彼は無表情だった。わずかながら時間をあけたおかげで、あの気まずい空気が緩和されたように思えた絹香は気を取り直して答える。

「えぇ。安全な寝床があるだけで十分ですから」

御鍵家に自身の持ち物はないので、最低限度の着替えのみを携えて長丘邸に飛び込んだ。あの淡い桃色の着物は敦貴のはからいで呉服店に補整を頼んでおり、今日は涼やかな藤色に繊細な花弁が散りばめられた借り物の着物を身にまとっている。上等ながら控えめな色みだ。

満足げに微笑む絹香に対し、米田は困惑気味に唸った。

「うぅむ……そうですか……」

物欲のなさを怪しんでいるような、そんな濁し方だ。またも気まずい空気が漂うが、米田はそれきりなにも言わず車を邸へ走らせた。

平日の暮らしは、御鍵家にいた頃より随分とゆるやかだった。使用人との接触を避けていれば、部屋で裁縫をするか読書をするかのどちらかだ。

しかし、あくまでも花嫁修業として身を置かせてもらっているので、長丘家へ来たその翌日からお茶やお華の先生らに挨拶をした。手習いをするのは久しぶりなので、週に一度の稽古事が楽しみでもある。

一方で夜が近づくにつれて焦燥に駆られることがあった。もし敦貴が部屋に来て、恋人としての営みを提案されたら困る。

だがそれも杞憂《きゆう》だった。彼とはあの商談パーティー以来ろくに顔を合わせていない。会社や学習塾、銀行の理事を務める彼はとても忙しく、出張で家を空けることもよくあるそうだ。身構えたこちらがバカだったと、肩透かしを食らった気分になる。

米田の話を聞く限り、敦貴はおそらく恋人とはなんたるか考えるのは二の次のようだ。ひとまず許嫁と同年代の女性と暮らしてみた、とそれだけで恋人と認識しているのかもしれない。

これはきっと、こちらから仕掛けないとダメなのだと悟る。とにもかくにも給金泥棒にだけはなるまいと固く誓う絹香はその夜、敦貴の戻りを玄関先で待っていた。

「ただいま」

敦貴が戻ったのは午後十一時半だった。

「お帰りなさいませ」

三つ指をついて折り目正しく深々と主の前に伏す。

「なんの真似だ？」

彼は使用人に上着と帽子を預けながら言った。

「敦貴様、お話がございます」

周囲の怪訝な目に耐えながら静かに申し出ると、彼は「ふむ」と冷めた様子で返した。

「聞こう」

そうして、彼は絹香の脇を通り過ぎる。その後を絹香はしずしずと追いかけた。

敦貴の部屋は、絹香の部屋と同じく清潔で殺風景だった。ただ、広さが違う。タンスや文机があるが、畳の上には重厚な絨毯《じゅうたん》が敷いてあり、真鍮のポールがある。洋タンスや外国製の大きな姿見も。ふすまの向こうは寝室だろうか。ふすまには蓮の花を模した美しい絵画が描かれている。

彼は絹香の前でネクタイをしゅるりと取った。

「さっそく妻気取りなのかと思ったが、違うらしいな」

「わたしは妻ではありません。あなたの恋人です」

すかさず言葉を返すと、敦貴は長く嘆息して自嘲気味に笑った。

「恋人と妻、なにが違うのだろうな。私には女との付き合いはよくわからない」

そう言う彼のネクタイを、絹香はすかさず使用人のように受け取った。

「まずは着替えてもいいかな？」

「えぇ、どうぞ」

すでにシャツのカフスを外していながらなにを今さら断りを入れるのかと頭の片隅で呆れながら、絹香はしばし彼の着替えを手伝った。

敦貴は藍色の着物に替えた。その際、絹香はただただ使用人と同じく平静にその場に居続けた。それを奇妙に思ったのか、敦貴は首をかしげる。

「……絹香」

「はい」

「君は使用人のような動きをするが、それが日常だったのか？」

「……弟の着替えは手伝っていましたわ」

咄嗟にごまかすも口の端が引きつった。もちろん嘘ではないが、八年も前の話であり言い訳とするには少々苦しい。

すると、絹香の苦笑いの意図を読んだのか敦貴が鼻で嘲笑する。

「弟……一視といったか。私を幼い弟御《おとうとご》と同じように見ているわけだ、君は」

「そういうつもりじゃありませんけれど」

「では、男の着替えも平気で見られるほど、君の生活は乱れていたわけかい？」

絹香は憤慨して目を見開かせた。

出会い頭からそうだったが、彼はこうして他人の心を探り、先回りしてこちらの言葉を塞ごうとするのが癖なのだろう。

その手には乗るまい。こちらも散々、叔父や叔母の口撃に耐えてきたのだ。

不満げに見ていると、敦貴の指が絹香の顎をつかんだ。無理やり上を向かされ、絹香の胸はドキッと爪弾いた。

彼の美しい顔が近い。たちまち心臓が落ち着かなくなる。

「そんなふうに睨んできたのは君が初めてだよ」

危険な香りを放つ黒目に見つめられ、絹香は頬を引きつらせた。またもや米田の忠告が脳裏をよぎる。『命が惜しければ――』。

「心配するな。私に逆らったとしても君は殺さない」

その言い方では、絹香以外なら殺すと同義ではないか。肩が震える。

「……敦貴様、わたしの心を読むのはお控え願います」

声が上ずりそうになりながらも抵抗を試みる。

一方で敦貴は絹香の反応を楽しんでいるようで、ようやく手を放すと素早く帯を締めた。

「それで？　話というのは？」

問われてハッと我に返る。

「あ、ぇぇと、恋人についての提案をしようと……」

「そういえばそうだな。結局、あの強奪パーティーの後から君とはまともに話していない」

「強奪パーティーって……」

「君をあのろくでもない家から強奪するためだけのパーティーだった。肥え太った叔父上の赤ら顔がたまらなく愉快だったよ」

あの叔父の名誉を守る気概はないが、他人から親族をバカにされるのは不本意だ。絹香が笑わずにいると、敦貴は肩をすくめた。

「そう真に受けるな。さて、恋人か……君はどんな提案をするんだろう？　前の男の代わりに私を利用しても一向に構わないが。それとも、本当に私に愛だの恋だのを教えてくれるのかな？」

絹香は訂正するのも面倒に思えたが、少々の苛立ちも見せまいと努めて冷静に言った。

「まず、敦貴様が目指す理想の恋人をお教えください」

「理想の、恋人……？」

彼は初めて日本語を口にする欧米人のように固い口調で訊いた。腕を組んで考える。

その場に座り込み、絹香にも座るよう指示する。

絹香はためらいながら淑《しと》やかに正座した。

「そうだな……まず、女と言えば許嫁の沙栄が思い浮かぶ。明朗快活、可憐《かれん》で非の打ちどころがない淑女ではあるが、ふわふわと夢見がちで、かわいいものが好物であると体現している女だ」

「乙女の典型ですね」

「あぁ、典型を地でいく愛すべき許嫁だ。そもそも、我が国の淑女たちはそう教育されている。彼女も例に漏れず、良妻となるだろう」

「では、敦貴様もそのような女性がお好みなのでしょうか？」

「……どうだろう」

彼は初めて言葉に揺らぎを見せた。つまらなそうに目を細める。

「言い寄る女性《ひと》はすべて、私に愛情を求めてきた。だから、彼女らが好む言葉や贈り物をした。が、私の心が動くことはなかった」

「うぅん……難儀ですね……」

絹香は肩を落とした。

彼は女性の扱いに慣れているそうだが、諸外国を相手にしても引けを取らない程度の処世術でしかなく、感情を動かすほどの恋慕は経験がないのだろう。

絹香は自分に置き換えて考えてみた。

父と母は大恋愛の末の結婚で、ふたりが生きていた頃は愛情あふれた家庭だった。周囲の人間も昔の学友も恋物語が好きで、自然と憧れたものだが、理想の相手というものをきちんと思い描いたことはなかった。

また、世間の大多数の恋愛は成就しないことを知っている。つい先日も新聞が心中事件を大々的に取り上げていた。

身分の違う男女の激しい恋。身を滅ぼすほどに愛に蝕《むしば》まれ、死を選んだふたりは悲恋だが、さぞかし幸せだったろう。それをも嘲りそうな彼に、どうやって恋人という存在を教えたらよいのか――眼の前が暗くなる。

「そもそも、どうして恋人なんでしょう？　愛人ではいけないのですか？」

絹香はかねてより疑問に思っていたことをおずおずと訊いた。すると、彼は至って真面目に答えた。

「愛人は、私がその女性《ひと》を熱烈に恋い焦がれ愛さなければ成立しないと思っている。また、本妻ありきの存在だろう」

「そうですか……だから〝恋人〟なのですね」

恋人を金で雇う方が効率的と言い張る人だから、合理性のある答えが返ってくると思っていたが、実際に敦貴の〝定義〟は絹香も納得ができるものだった。

うなずいていると、敦貴は唇を緩めて笑った。

「君は賢いな。話が早くて助かる」

「……賢くありません」

「そうふてぶてしく言うな。褒めているんだから素直に喜びなさい」

「はぁ……」

今まで貶《けな》されることはあれど褒められることはめったになかったもので、考え方が少々卑屈になっているのだろうか。

すると敦貴が気だるそうにまぶたを落とした。小さくあくびする。

「随分とお疲れのようですね」

思わず言うと、彼はバツが悪そうに顔をしかめた。

「失礼。つい、疲れが表に出た。この時間はいつもひとりでいるから気が抜ける」

「そうでしたか……それは、大変失礼しました」

これ以上いると、敦貴の機嫌を損ねてしまうやもしれない。絹香は立ち上がろうとした。しかし、彼は「待て」と制止する。

「いい考えがある」

敦貴が名案とばかりに目を見開かせて言う。

「この時間は、私の話し相手をしろ。それと、手紙のやり取りもしてみよう」

「よ、よろしいのですか？」

絹香が驚きを隠せず前のめりに訊くと、彼はこくりとうなずいた。

「いかにも巷《ちまた》で流行りの〝恋人〟らしいじゃないか。もし、これで私の心が動かなければ別の方向を考える。それでどうかな?」

意外にも敦貴は乗り気だ。なんとなく、からかわれているだけのような気がしてくるが、これは給金泥棒を免れる好機でもある。

「構いません」

無論、断るはずがない。

絹香の即答に、敦貴は満足げに「うん」とうなずいた。

＊＊＊

絹香が部屋を出ていった後、敦貴は彼女が出た反対の方向から自室を出た。そして、米田を呼ぶ。どこからともなく現れる米田は背筋を伸ばして敦貴の前に立つ。

「それで、今日はどうだった?」

なんの前置きもなく訊くと、米田は目を伏せて静かに言った。

「はい。今日は弟御への手紙を出しに郵便局へ行きましたが、怪我を気にするわけでもなく、ごく自然に振る舞っておられました。やはり完治しているようです」

「そうか……あとは、他になにかあったか?」

「いいえ。街へ出たというのに、買い物などご興味を示されません。食事はされているようですが、お稽古の時間以外は常に思いつめた様子でした」

米田の報告に、敦貴はしばらく思案した。

「……やはり、彼女はなにかあるな」

今はそれだけしかわからない。あの家に長く囚われていたからか、彼女の様子は不自然なまでに普通だ。まるで心を偽ることが当たり前のような。ただただ気の毒になる。

「引き続き、彼女を見張るように。また、他に怪しい動きがあったら報告しろ」

「承知しました」

米田はさっと引き下がり、夜の冷たい廊下へ消えた。

ホタルがちらつく小池の中、ささやくように聞こえてくるのはカエルの鳴き声で、落ち着いた低音が辺りに立つ。

敦貴は縁側で涼もうと座った。

勢いで絹香を保護したが、彼女は確かに今まで出会ったどの女よりも用心深く、とても賢い。そんな彼女を相手にするのを楽しんでいる自分がいる。

最初は沙栄と同年代の女であり、令嬢であるから恋人役にうってつけであると思った。しかし絹香は不遇であり、ひとつ言葉を間違えれば反発心むき出しの顔をする。それでいて脆《もろ》い。不思議な女だ。実に興味深い。そう思える自分の心境に違和感を抱くまでがここ最近の習慣になりつつあった。

「はぁ……女に興味を持つとはな……」

この変化を、敦貴はあまり好ましく思わなかった。

仕事をさばくのは得意だが、人心を扱うのは面倒だ。他人の心を読み、効率よく物事を運ぶのが有意義であり、相手を深く思いやることは徒労である。だが、沙栄との婚姻を控えた今は腹をくくるしかない。

帳《とばり》の中へため息を投げつければ、カエルが驚いて池の中へ潜っていった。

そもそも、昔から沙栄が苦手なのだ。

今年で二十五になる敦貴だが、沙栄は結婚適齢期を迎えたばかりの十六歳。年が離れた彼女の相手をするのは最初のうちはよくとも一生となれば気が遠くなる。

沙栄が周囲から愛されて育っているということは、彼女が幼い頃に会って学んでいた。そんな彼女を他の女性たちと同じようにあしらうわけにはいかない。それにもし沙栄を傷つけるようなことがあったら、自身のプライドが許さないだろう。

ひとまず絹香を沙栄だと思って接してみればいい。そうすれば、この結婚前の憂鬱も解消できるはずだ。

「しかし、絹香は……」

攻略が難しい女である。またなにを秘めているのか未だわからない。それがわずかに魅力的ではあるが。

——まぁ、この興味も一時的なものだろう。

そう自己解釈し、敦貴はようやく床へついた。

＊＊＊

翌朝早く、絹香は目を覚ました。最初の数日はうまく眠れず、朝食の時間に遅れるなどの大失態をしたものだが、長丘家での生活に慣れれば朝日よりも先に起床できていた。

髪をとかし、こっそり部屋の戸を開ける。使用人たちはもう起きているだろうか。廊下に出て、台所を探す。玄関に置かれた古時計は五時半を指していた。

使用人部屋は炊事場近くの大部屋だ。まだ眠っている侍女たちもいれば、起き出して支度を整える者もいる。

「絹香様？」

声をかけてきたのは、ほうれい線が目立つ年増の女だった。ぼんやりとした素朴な顔立ちである。彼女は怪訝たっぷりに絹香を見ていた。

「こんなところになにか御用で？」

「えぇっと……今朝の新聞、ありますか？」

絹香はごまかすでもなく、正直に要望を告げた。しかし、それがますます侍女の疑心をかきたてるようで、彼女は眉をひそめた。

「新聞ですか？　ご令嬢様が新聞をお読みになるんですか？」

その言い方は咎めの色を含んでいる。絹香は口の端を伸ばして愛想笑いを返した。

「ないならいいんです……朝早くにごめんなさいね」

「いえ。新聞なら、まず敦貴様がお読みになります。その後でしたらお届けしますが。敦貴様もまだ起きてらっしゃらないでしょうから」

「そ、そうですよね。ごめんなさい。朝食まで、ちょっと暇だったから訊いてみただけ……後で持ってきてもらえると助かります。えぇっと、あなた、お名前は？」

すると、彼女はツンとした態度で名乗った。

「恒子《つねこ》でございます」

「恒子さん。では、よろしくお願いします」

「はぁ」

絹香はすぐにその場を離れた。だが、恒子の不審げな声はしっかり耳に届いた。

「女が新聞だなんて。物好きな令嬢様もいるものだこと」

その呆れた声に、絹香は怒るでもなく、むしろがっかりしてしまった。

世間では女性の労働環境や社会進出について声をあげる者が出てきたが、まだまだ根付くほどではない。男女共に〝こうあるべき〟という概念に縛られている。それが悪いわけではないが、少々息苦しさを感じる。

恒子の態度は冷たかった。早朝の緩やかな時間に顔を出す外部の人間に、不満をあらわすのもわからなくはない。

主がいきなり囲い込んだ、どこぞの令嬢である。ろくに説明もなく、突然居座り始めた絹香を好ましく思わない人もいるのだ。すべての使用人が敦貴へ忠誠を誓って仕えているわけではないのだろう。

絹香は素早く部屋に戻り、仕方なく文机に座った。読書もいいが、刺激的な文章が読みたいところだ。

そういえば昨夜、敦貴からの提案で文通をすることが決定した。彼はどんな手紙を書いてくるのだろう。ほんの少し好奇心が湧く。

「そうだわ。先に手紙を書いてみようかしら……でも、お話することがあまりないわね」

引き出しに入っている便箋とペンを取る。なんとなく書き出してみた。

「拝啓、長丘敦貴様……少し堅いかしら？　世間の恋人たちはどうやって文通しているの？」

　そもそも、ひとつ屋根の下で行うことでもないような気がする。しかし敦貴は〝巷で流行りの恋人〟を演出したいのだという。口ではそう言っていたが、本心なのかどうか絹香には判然とせず筆が進まない。しかし、仕事である以上は彼に従わなくてはならないのだ。ここでまごついている場合ではない。

「あぁ、逆らえばどうなることやら。首が危ないわ」

　おどけるように自身の首を触ったが、途端におそろしくなる。

　もし、なんらかの制裁により斬りかかられたとして、傷口を触る余裕さえあれば再生は可能なのだろうか。手や足首を切り落とされたとしても、撫でれば治せるのだろうか。

　――なにを考えてるの、わたしは。

　おそろしいことを考えている自分に寒気がしてくる。

　数年前、霊能力というものが流行ったが、学者や記者がこぞって霊能者たちをもてはやした。しかし、インチキだとされて悲惨な末路をたどっている。絹香の能力は本物ではあるが、いつ誰に露見し、見世物のごとく扱われるか知れたものじゃない。

「あっ、瀬島さん……」

　咄嗟に彼を思い出した。

『化け物』と罵った彼は、絹香の異能を知る人だ。もし彼がこの情報をどこかに流したら、長丘家との付き合いも、さらには御鍵家の存続も危ぶまれる。絹香は苦々しく唾をゴクリと飲んだ。

——異能のことを絶対に知られてはいけない。

便箋をくしゃくしゃに丸める。

楽しい話題を考えよう。年頃の女性らしくかわいい無邪気な文章を送るのだ。敦貴が求めていることを考えなければ。

そうして試行錯誤した末、なんとか一枚を書き上げた。

長丘敦貴様

梅雨の香りが刻々と訪れてくる今日この頃、敦貴様との文通が楽しみで、待ちきれずに筆を取った次第でございます。

今日は、僭越《せんえつ》ながらわたしの幼少時代の話をさせてください。まず、お互いを知ることから始めた方がよろしいかと思います。

さて、わたしは御鍵商社の社長、御鍵明寛と妻、七重の長女として生まれました。

父は横濱の出身ですが、母は遠い福岡《ふくおか》の大きな工業都市で生まれ育ったそうです。

父は学生時代、旅行のため九州に向かいました。その際、母と出会いました。運命の出会いです。目が合った瞬間に恋に落ちたと、よく話して聞かせてもらいました。

父には許嫁がおりましたが、母との婚姻を望み、周囲の反対を押し切って夫婦になったそうです。母は鉄鋼業を営む大工場の娘でした。これが良縁を結ぶこととなり、父の会社や諸外国との貿易をするため、港を手にすることもできました。

そんなふたりの物語は、なんだかおとぎ話のようですが、こうして大恋愛の末の婚姻もあったということをお伝えいたします。

父は忙しく、何日も家を空けることが多かったのですが、わたしをいたくかわいがってくださりました。母は明るくひょうきんな性格で、いつも笑顔を満開にしていました。

弟の一視が生まれてからは、四人家族、仲良く暮らしていました。毎年写真を撮って、家に飾るのが恒例でございました。父と母はとても仲睦まじく、わたしと一視がいる前ではとにかくふたりでわたしたちを楽しませてくださいました。

異国のパティスリーのワッフルを食べさせてもらった時、父はわずかに顔をしかめました。口に合わなかったようなのですが、そのお顔が大層面白く、お髭にジャムをこぼしてしまっていて、母が大笑いするのを思い出します。

そこまで読み返し、絹香は思わず鼻をすすった。まぶたの裏に映る在りし日の思い出に、つい涙腺が緩む。慌てて天井を見上げて笑った。

父のキレのよい大声と、母の明るいころころとした笑い声、幼い一視の泣きべそや、初めて『ねえさま』と呼んでくれたあどけない笑顔……。

胸にしまっていた思い出が一気にあふれ、絹香は思わず口を押さえた。長年泣くまいとこらえてきた癖で、誰が見ていなくとも涙を流すのは敗北であると心を頑なに縛りつけている。

家族の思い出を延々と語れば、便箋は三枚にわたった。それを丁寧に三つ折りにして封筒に入れる。これをいつ敦貴へ届けようか。

そう思った頃、ようやく屋敷の中が慌ただしく朝の支度を始めていた。朝日ものぼっている。今日は曇り空で、いよいよ紫陽花が蕾《つぼみ》を開く時期に差しかかる。

外の空気を吸おうと、絹香は障子窓を開け放った。すると、廊下の奥から洋服姿の敦貴が通りかかるのが見えた。

「敦貴様！」

思わず呼ぶと、彼ははたと足を止めた。不思議そうにこちらを見つめる。

「おはようございます」

絹香の声に彼はわずかにうなずき、居間へ向かおうとする。その後ろを絹香は追いかけるべく部屋を飛び出した。

「あ、あの！」

「なんだ？」

「お、お手紙を……書いてみました」

「ほう、さっそくか。張り切っているな」

敦貴は片眉を上げて絹香をジッと見つめた。無感情な彼に、絹香は物怖じせずに手紙を渡す。

「お手すきの際に、お読みくださると嬉しいです」

「あぁ、わかった。ありがとう」

彼はためらいもせず、まるで取引先からの挨拶状でももらったかのように事務的に受け取った。内ポケットの中に入れ、さっさとその場から去る。

素直に受け取ってもらえたことにひとまず安心する。情緒は欠片《かけら》もないのだが。

「うまくいきますように！」

願掛けをするかのごとく、絹香は両手を合わせて敦貴が去った廊下に祈った。

＊＊＊

まさか彼女から先に手紙を受け取るとは思わなかった敦貴は、内ポケットに入れた手紙を落としていないか、たまに気にしていた。朝食の時も、仕事に出かける時も、会食に向かう時も。

いつ読むべきかわからず、移動中はその機会をうかがっていた。

「米田」

「はい、なんでございましょう」

「手紙をもらったことがあるか？」

「手紙、ですか……子供の時分に文通相手がおりましたが、たわいもない子供の遊びでしたよ」

運転中の米田は探るでもなく淡々と答えた。

「まさか手紙の返し方を知らないわけではないでしょう？」

「当たり前だ」

敦貴はフンと鼻息を飛ばした。しかし、その勢いもすぐに失せる。

「手紙は、いつ読むべきなんだろうな」

「今お読みになればよいでしょう。銀行へはまだ距離があります」

「いや、こういうのはひとりの時に……なんでもない」

敦貴はため息をついた。柄にもなく戸惑っている。

米田はなにも訊いてはこなかった。敦貴がまだ物心がつく前から仕えている米田だが、当時から余計な口出しをすることはなく、深入りもしてこない。

幼い頃からの付き合いであるゆえに、米田も敦貴の心象に敏感だった。

「まぁ、お早めに読むことをお勧めいたします」

その助言に、敦貴は真面目にうなずいた。


長丘家が運営する企業は、運送会社、ホテル、学習塾、銀行と多岐にわたり、今日は視察のため銀行の専用執務室にいた。

頭取との面会まで時間がある。その間、大きな部屋でひとりきりだった。敦貴は執務机の上で、柔らかな和紙の封筒を出した。絹香からの手紙だ。

米田の助言をもとにさっそく便箋を開き、すばやく目を通す。

便箋三枚にわたって綴《つづ》られていたのは、確かにたわいもない子供の遊びのような何気ないものだった。いつも目を通すような公文書などではなく、人間味を感じるものだった。

また、このようなものを受け取るのは初めてではなかったが、きちんと目を通した試しがない。

絹香の字は流麗で達筆だが、ところどころ丸みがあり、とくに平仮名は柔らかい曲線を描いている。そこから語られるのは、実際のところつまらない物語だった。

どこの令嬢も似たりよったりな生い立ちである。沙栄といい、絹香といい、やはり上流階級の娘たちは愛されて育つのだろう。家族の愛情を知らない自分とは、遠くかけ離れた世界に生きている。そもそも愛情とやらが目に見えないものだから、彼女にとってそれがどれほどの幸福であったかも推し量れない。共感も難しい。

敦貴は鼻で笑い、手紙を机に放った。

「やはり、くだらないな……」

心を動かすようなものは感じられない。それに、一通の手紙では絹香のことを知る手がかりは少ない。彼女は父母が亡くなった後の話を書いていなかった。

——まるで、隠しているようだ。

では、彼女の本心を引き出すような話を促してみてはどうだろうか。

そんなことを考え、なんとなく引き出しの中から便箋とペンを出す。そして、絹香の言葉をなぞるように書き出した。

御鍵絹香様

五月雨に潤う入梅の候、貴姉におかれましては、ますますご清栄のこととお慶び申し上げます。

今朝よりいただいたお手紙、拝読しました。

一家団欒《だんらん》の情景が、貴姉の筆からありありと伝わってきました。

「まずはお互いを知ることから」とのことで、私も筆をとってみたものの、これといった幸福な思い出などなく、つまらぬ話となりましょう。
勝手ながら割愛させて――

そこまで書いたところで、敦貴はペンを止めた。そして、便箋に大きくバツを書いた。

紳士ならば女性を立てるようにうまく話をはずませるのがセオリーだ。相手に合わせて会話をする努力をしなければ、おそらくここで文通は途絶えるだろう。なにより、絹香から『手紙もまともに書けない』などと思われては面目が立たない。

敦貴は天井を仰いだ。

豪奢《ごうしゃ》なシャンデリアが吊るされた、奥行きのある天井には四隅に鳩《はと》の彫刻がある。壁はすべて重い濃色《こきいろ》で、調度品は黒檀《こくたん》でできている。机とテーブルとソファだけの部屋で、とくに面白みのある風景ではない。外を見やれど、あるのは蒸気機関車の煙に埋もれる土蔵造りや木造建築ばかりだ。

もう少し情緒豊かな話はできないものだろうか。

敦貴は腕を組んだ。

絹香について知りたいことはなんだろう。それはもちろん、父母の死からの生活である。しかし、彼女は話したがらないだろう。また、米田からの報告で悟った彼女の不審な能力——足首の治癒の早さ。もしくは特殊な医術を持っているのかどうか。

しかし、初手からこんな話を持ちかけるのは野暮だ。そうして消去法で考えた結果、いかにも平凡で間の抜けた質問しか思いつかなかった。

とにもかくにも書いてみる。ある程度、文字をしたためていけば書き直すのが面倒に思えてきたので、そのまま筆を進めた。

「長丘様、よろしいですか?」

ドアの向こうから声が聞こえる。ノックの音を無視していたらしく、相手の声音は困惑に満ちていた。敦貴は手紙を折り畳み、封筒に入れた。

「あぁ、入りたまえ」

「お待たせいたしまして、申し訳ございません」

「いや、構わない」

敦貴はなに食わぬ顔で、ふた回りも年上の頭取を迎え入れた。

＊＊＊

華道の家元が邸に見えるまで、絹香は黙々と新聞を読んでいた。

今日も世間は政府への批判や事件などを取り上げている。それらを真面目に読み耽《ふけ》り、恋愛小説の枠は最後にとっておく。もっぱら、好きな食べ物を最後に食べる性格だ。

新聞で連載中のそれは、実話を元に作られたような糖分たっぷりの熱烈な物語だった。身分違いの恋をする男性の主人公が、儚げな美少女との逢瀬《おうせ》で悟る一場面。物語は佳境で、できることなら最初から読んでみたかった。

「ふむ……恋愛とはいつだって見知らぬ男女から始まり、いつの間にか落ちているもの……」

感銘を受けた文章を紙に書き写す。

その時、部屋の前で猫が踏みつけられたような呻《うめ》き声が聞こえた。不審に思い、戸を開けると、洗濯物を落とした侍女がうずくまっていた。苦悶《くもん》の表情には脂汗が浮かんでいる。面長の侍女は今朝会った恒子ではないようだ。

「大丈夫ですか⁉」

駆け寄ると、侍女はふるふると首を振った。

「こ、腰が……外れたみたいに、痛いです」

「まあ、大変だわ。ぎっくり腰かしら」

絹香は辺りを見回した。助けを呼べる人はおらず、絹香はおろおろと侍女の腰に触れた。

「この辺りが痛む？」

「は、はい……っ」

「大丈夫よ、すぐに楽にしてあげるわ」

尾てい骨より上の少し丸みのある部分に手を当てると、侍女は声にならない悲鳴をあげた。よほど痛むらしい。

絹香は手のひらに熱をこめた。優しくさすると、侍女の顔がわずかに和らいでいく。

「お、お嬢様、いったいなにを……？」

「少しさすっただけよ。どうですか？　痛みは引きました？」

「えぇ……あれ？　軽くなった」

「じゃあ、もう大丈夫ね」

絹香は急いで立ち上がり部屋に引っ込んだが、ふと思い立ち戸から侍女の様子をうかがった。

「あなた、お名前は？」

「はい、ゐぬ《いぬ》と申します」

「ゐぬさん。覚えたわ。念のため、お医者様にかかってくださいね。お大事に」

そう言って、返事も待たずにピシャリと戸を閉めた。

異能を使ってしまった。今さら緊張して動揺する。しかし、痛みに苦しむ人を黙って見過ごせるはずがない。彼女が黙っていてくれたら幸いだが……。

絹香は迂闊《うかつ》な行いを反省した。これは敦貴に知られないようにしなければと、決意はいっそう固くなる。

「お嬢様、ありがとうございました」

戸の向こうから、ゐぬが言う。その声は見違えるほどにすっきりしている。

絹香はゆるゆると障子に口を寄せた。

「このこと、他の人には内緒ですよ」

それが届いたかどうかわからない。ゐぬは落としていた洗濯物を回収し、部屋の前から去った。

それからとくに問題もなく、お華の稽古の後は地味な灰紫色の着物で過ごしていた絹香は敦貴が戻るまで自室で繕い物をしていた。

「絹香」

障子戸の向こうから、敦貴が声をかけてくる。

「はい!?」

つい返事が裏返った。化粧はしていたものの、まさか彼が部屋を訪ねてくるとは思わず、絹香は慌てふためく。

「入るぞ」

「はい、どうぞ……」

返事をするなり戸が開く。敦貴は仕事から帰ってすぐ部屋へ来たようで洋装のままだった。相変わらず無感情な顔でこちらを見つめている。

「お帰りなさいませ……お出迎えもせず、申し訳ありません」

「いや、いい。手紙を書いたから、先に渡そうと思ってな。着替えと食事を済ませたら呼ぶから、今夜も部屋に来なさい」

「しょ、承知しました」

絹香は両目をしばたたかせながら答えた。彼はしっかりと封をした白い封筒を寄越し、そっけなく部屋を出ていく。まさか敦貴が一日で手紙を書いてくるなど思いもせず、絹香は動揺した。

「……仕事がお早いことで……えぇっと、先に読んでしまってもいいのよね」

あの言い方からして、そう解釈してよさそうだ。

絹香は丁寧にペーパーナイフで封を切り、便箋を出した。

御鍵絹香様

五月雨に潤う入梅の候、貴姉におかれましては、ますますご清栄のこととお慶び申し上げます。

今朝よりいただいたお手紙、拝読しました。

一家団欒の情景が、貴姉の筆からありありと伝わってきました。

「まずはお互いを知ることから」とのことで、私も筆をとってみたものの、これといって幸福な思い出などなく、つまらぬ話となりましょう。

私は愛にあふれた家庭で育ったわけではなく、屋敷を一戸与えられてからは米田をはじめとした使用人と暮らしていました。

幼い頃から家庭教師をつけ、学問や礼儀作法などに励み、幼稚舎から大学まで学業成績では上位を修めてまいりました。他、音楽、剣術、武術、馬術なども嗜《たしな》みましたが、ただただ己を磨くための稽古事でありました。

これらの師範や専門家を呼びつけることは可能ですので、入用でしたら遠慮なく申し付けください。

長丘敦貴

こちらは便箋三枚を入れたが、敦貴は一枚で事足りるほどに少なかった。

しかし、彼はとても生真面目で、筆も丁寧なものだった。普段の威圧的な態度とは大違いである。この落差に絹香は驚き、思わず頬が緩んでしまった。

手紙をもらうのはいつだって嬉しいものだ。今までは弟の一視くらいしか相手がいなかったので、新鮮な気分を味わっている。

「案外、楽しいものだわ……ふふっ」

ひとつ屋根の下で、遠距離の恋愛ごっこをしている。そう思うと、胸の奥が弾むようで、久しぶりに浮かれた。

絹香はクスクスと忍び笑い、髪をとかした。彼に会うのが、昨日より幾分も楽しみになる。

「絹香様、よろしいでしょうか」

障子の向こうから侍女の声が聞こえる。ゐぬだろうか。

「はい」

返事をすると、戸を開けたのは恒子だった。今朝、彼女はきちんと新聞を持ってきてくれたのだが、依然として仲良くなれそうな気配はない。今も恒子は固い表情で絹香に言う。

「敦貴様がお呼びです」

「わかりました。すぐに向かいます」

絹香は手紙を文机の上に置いた箱へ仕舞い、身なりを整えて部屋を出た。

敦貴となにを話そうか。手紙のことに触れてもいいのだろうか。いや、手紙は手紙だけの会話にとどめておこう。

絹香は高揚するあまり廊下を急ぎ足で進んだ。

敦貴の部屋へ向かう間、幾人かの使用人たちとすれ違い、その中にゐぬもいた。元気そうでなによりだ。

彼女たちが膳を片付けているところを見るに、敦貴の食事は済んだのだろう。

絹香は呼吸を整えて、敦貴の部屋の前に正座して声をかけた。

「敦貴様、絹香です」

「入れ」

すぐさま彼の声が障子戸の向こうから聞こえ、絹香は静かに戸を開けた。

彼は文机に向かって座っており、絹香に背を向けていた。振り返らない。そんな凛々しい背中に、おずおずと話しかける。

「敦貴様、お手紙ありがとうございました」

「あぁ、読んだか」

「はい。楽しく拝読いたしました」

「楽しく？　つまらんものだっただろうに。物好きなことを言う」

敦貴の背中は気を抜いたように小さく丸くなった。そして、彼は眠たそうにこちらを見る。

「まぁ、最初のうちはあんなものかと思ったが……初手で切り捨てるほどのことではないからな。明日もよろしく頼む」

その言葉の意味がよくわからず、絹香は首をかしげた。

「初手で切り捨てる、とは？」

「君の話がつまらなかったということだよ」

すかさず敦貴は抑揚のない声で言う。絹香は頬を引きつらせ、顔をうつむけた。

「そう、でしたか……つまらなかったのですね……申し訳ありませんでした」

「いや。こちらが勝手に期待をしていただけだった。構わん。初めから期待を上回る仕事ができれば世話ないさ」

「ご期待に添えず、申し訳ありません」

他に言葉が見つからず、結局は謝るしかなかった。

返事をもらっただけで舞い上がっていたが、敦貴はただ礼儀として返事をしただけにすぎなかったのだ。

絹香はすっかり消沈した。対し、敦貴はのんびりとあくびをする。

「案外、難しいものだな。恋愛というのは」

「……お言葉ですが、恋愛は学問やお稽古事によって身につくものではありません。いつだって見知らぬ男女から始まり、いつの間にか落ちているものなのです」

絹香はもどかしくなり、つい厳しい言葉を投げかけた。今日の新聞に寄稿された他人の恋物語から引用しただけである。

これに、敦貴が片眉を上げて反応した。

「ほう。君、新聞を読むのか？　それは今朝の連載小説の一節だったはずだ」

「え？　はい……」

彼もあの小説を読んでいたことに驚いたが、それよりもまず恥ずかしさが込み上げる。

「叔父の家では誰よりも早く起きて、こっそり読んでおりました。申し訳ありません」

「女が新聞なんて」と蔑まれるに違いないと覚悟したが、彼はただただ感心げにうなずいていた。

「謝ることはない。それにしても変わった趣味を持っているな」

「俗世とのつながりが欲しくて……これくらいしか楽しみがなかったのです」

「なるほど。あの家じゃまともな教育を受けることもできないだろう。学校も退学させられたのかな？　あの叔父上なら『女に学問は不要』と熱弁を振るったに違いない」

容易に言い当てられ、絹香は挙動不審に目を泳がせた。一方で敦貴は切り込むように迫ってくる。

「なにを恥ずかしがっている？　私に恋愛がなんたるかを教えようと意気込んでいたんじゃないのか？」

「……こ、心を読まないでください」

絹香はそれだけ返した。一方、敦貴は悪びれることなく鼻で笑った。

「慣れてくれ」

「慣れてしまったら、心を閉じます」

意固地になって生意気な口を叩くと、敦貴はからかうように片眉を上げた。

「うちの使用人たちはそうしているぞ。心を読まれたら困るような後ろめたさがあるから悪いんだ」

絹香はまじまじと彼を見つめた。こうなったら失礼ついでに訊いてみよう。

「敦貴様って……ご友人はいらっしゃいます？」

「いない」

――でしょうね。

絹香は呆れた。そのわずかな感情も敦貴は読み取っていく。

「そんなもの、必要ない。しかし、君だっていないんだろう？　君が学校を退学した後、幾人の学友が心配した？」

「それは……」

敦貴の言葉に、絹香は思わず怯んだ。

そんなこと、考えもしなかった。学友たちの多くは良家に見初められて退学し、忙しい毎日を送っている。卒業せずに嫁ぐのが淑女としての格というものである。つながりといえば文通しか手段がないが、文を送る余裕などないだろう。

黙っていると、敦貴はつまらなそうにため息を落とした。

「今日はもういい。また明日にしよう。寝る」

無慈悲にも会話の終了を宣言される。絹香は仕方なく引き下がった。

「おやすみなさいませ」

部屋の戸を閉め、絹香はがっくりと肩を落としたまま部屋へ戻った。

手紙を書かねば。今の自分には、これしか彼にアプローチする術がない。

新聞を読むことに興味を示した様子だったから、それについて書いてみようか。時事の話は手紙のネタに事欠かないから、何枚も便箋を使えそうだ。その中で彼の興味を惹くものを探ってみたい。

絹香は拳を握って、気合いを入れた。

「絶対、楽しんでもらいますからね」

不敵に満ちた声は誰もいない廊下に響くことなく、静かに夜の月だけが聞いている。

上弦の月はさながら、笑うように細める目だった。

第三章　落日に見惚れる

敦貴との文通は最初のうちは毎日行われたが、だんだんと間隔が遠のいていく。彼の仕事が忙しくなり、家を空けることがたびたびあるからだ。出張も多いので、帰らない日はことさら暇だった。二日に一度の間隔で手渡しの文通を行えば、ひと月後にはすでに五、六回ほどのやり取りを経ている。

しかし、敦貴は手紙でも日常会話でも受け身だった。彼の好きなもの、嫌いなもの、趣味趣向など探ってみるも、答えはいつも「とくになし」なので、会話が進まない。

絹香は試行錯誤したが、いくら時事を手紙に織り交ぜたとしてもしょせんは新聞からの情報であり、世界を股にかける彼と議論を交わすにはあまりに浅識だった。無理は禁物だと思い直し、時事に関する話は早々に諦める。

手応えが感じられないまま日だけが過ぎていき、これでいいのかと自問自答するも、いつの間にか一日が終わっていた。

そんな日々を過ごすうちに、初めての給金をいただく日がやってくる。毎月十日、敦貴から手渡しで現金五十円が支払われることになっているが、これは職業婦人の花形であるタイピストの平均月給とほぼ同等の金額らしい。

この日、敦貴は大阪《おおさか》での仕事を済ませ、ようやく帰宅したのが夜中の十二時近い時間だった。食事は外で済ませたらしく、あとは着替えるだけである。

カフスを取った敦貴は不機嫌そうに眉間を険しくさせていた。絹香は声をかけられるまで黙々と待ち続ける。

「……絹香」

「はい！」

「今日は給金を払う日だったな」

彼は気だるげにこちらを見た。その視線が痛い。

「はい……まだなんの成果も出していないので、心苦しいのですが」

絹香は率直に言った。すると、彼は「そうだな」と冷たく相槌《あいづち》を打つ。

絹香は敦貴の着物を用意した。前もって使用人が綺麗に畳んでいたもので、自分はなんの助力もしていない。つくづく役立たずに思えてしまう。

そんな絹香に追い打ちをかけるように敦貴が言った。

「確かに、このひと月、君はなんの成果も出していない。使用人の方がよく働いている。給金泥棒と罵られても文句は言えまい」

「心を読まないでください……！」

「顔に書いてある」

敦貴は鼻で笑いながら絹香が差し出した着物を受け取り、さっさと着替えを済ませて奥の寝室へ向かった。蓮が描かれたふすまの先にはすでに用意された布団があり、今すぐにでも眠れる環境だ。

その脇を通り、おもむろに床板を外す。そこからなにやら金具を触る音がする。どうやら、床下に金庫を置いている様子。

そんな仕掛けを見てもよいものか、絹香は視線に困った。見ないふりをしておく。こういう余計なものを見てしまうと、後で言いがかりをつけられそうで厄介だ。

敦貴は金庫から給金袋を出した。そして、ふすまを閉めて戻ってくる。

「今月分だ。ご苦労だった。以降も励むように」

「頂戴いたします……」

罪悪感が全身に渡り、絹香は苦笑いで受け取った。だが、初めての給金に心が踊らないはずがない。中身は後で見よう。喜びを見せないように袂《たもと》の中へ差し込む。

つくづく不思議だ。こんな仕事が成立するのだろうか。世間一般の仕事とは比べ物にならないのでは。

絹香はすぐに浮き足立った心に活を入れ、気を引き締めた。

対し、敦貴は妙に動きが鈍かった。その場にあぐらをかいて座り、頬杖《ほおづえ》をついて絹香をジッと観察している。

「……敦貴様、まだなにか？」

「………………」

返事がない。彼は目をシパシパさせてぼうっとしている。なるほど、眠たいのだとようやく気がついた。

「お疲れのようですね」

「あぁ……まぁ……眠い」

そう答える口も重い。絹香は心配になって顔を覗き込んだ。

「大阪でのお仕事はいかがでした？」

「あぁ……そうだな……まぁ、それほど退屈はしなかったな」

「左様ですか。それはようございました」

「うん」

いつもより覇気のない声が返ってくる。今日の彼はあからさまに疲れている。無防備すぎて甚だ不気味だ。

「もうお休みになられては？」

「いや……明日の話をしようと、思っていたんだ」

敦貴はあくびをしながら言う。仕方なく絹香も付き合うことにした。

「明日の話とは？」

「あぁ、明日は休日だ。大口の仕事も片付いたところだから、君をどこかに連れていってやろうと思ったんだが……なにか欲しいものはあるかね」

そう訊かれ、絹香は眉をひそめた。

「恋人は休日に出かけるものだろう？　大阪の支店長から聞いた」

支店長というのはおそらく銀行関係の部下だろう。思わぬ申し出に絹香は前のめりになった。いつもは受け身でそっけない敦貴が自ら誘ってくるなんて、これは確実に進歩だ。

しかし、すぐに理性が働く。

「敦貴様、お忘れですか？」

「なにを？」

「敦貴様には許嫁の沙栄様がいらっしゃいます。それなのに、わたしと出かけるなんて、周囲によからぬ誤解を招く可能性がありますわ」

「よからぬ、誤解……？」

敦貴は腕を組んだ。しばし沈黙した後、合点したように唸るも首をかしげて絹香を見る。

「周囲への誤解を懸念しているのだな。しかし、それではこの契約の根本を否定することになる」

「そうですけれど……恋人というのは、男女が成す営みでございますゆえ、そのお考えは正しいのですが……わたしたちは偽物の恋人なのです。不用意な行動は慎むべきです」

念を押すと、敦貴は冷ややかに睨んだ。

「あぁ、わかっている」

そのぶっきらぼうさに、絹香はたちまち萎縮し口をつぐんだ。

「この邸で完結するのなら、別に君じゃなく使用人でも問題なかったんだが」

確かに、彼の考えも理解できる。

絹香は顎に手を当てて考えた。しかし他に回避する文句が出てこないので、納得せざるを得ない。

「おっしゃるとおりです……が、よいのでしょうか？」

「私がよいと言っている。君は私の、仕事上のパートナーというやつだ」

「仕事上のパートナー、ですか。相方という意味ですね」

「そう捉えてくれ。正直、君の手紙は退屈で仕方がない。それに、手紙は面倒だ。書く時間が惜しい。そして、精神的な負担にもなる」

その意味がわからず、絹香は首をかしげた。精神的な負担になるような失礼なことは書いていないはずだ。話がつまらないのは確かに負担かもしれないが。

すると、敦貴はため息交じりに口を開いた。

「返事を書かなければという強迫観念が働くんだよ。私の手紙を待っている君を思うと、気が散って仕事に差し支える」

「そう、ですか……申し訳ありません」

絹香は落胆した。仕事の邪魔をしているとは夢にも思わなかった。

「わたしは、敦貴様との文通が楽しかったのですが……お邪魔になるのでしたら仕方ないですね」

たわいない手紙を書くのは迷いもあるが、楽しかった。そして、ぎこちなくも生真面目に返事をする敦貴の心遣いが嬉しかったのだが……。

肩を落とすと、敦貴は頭をかいて顔をしかめた。

「そんな顔をするな。文通はやめない」

「えっ？」

「君はまだ人生の半分も語ってないだろう？　いつもその日の稽古や天気の話など、代わり映えのない話がつまらんと言っただけだ。もっとさらけ出して書いてみなさい。私は君のことが知りたいんだ」

彼の言葉はまたしてもぶっきらぼうだ。しかし、冷たさはない。気を抜けば眠ってしまいそうなほどまばたきが遅く、またあくびをする。ゆえに、彼の気持ちがわかりにくくて疑わしい。

「本当にそう思っておられますか？」

「思っている」

「……でも、わたしのあの家での話なんて、恥ずかしくてとてもできません」

敦貴の即答に面食らいつつ、正直な気持ちをおずおずと述べる。

絹香も叔父の家での生活について、誰かに相談したくはあった。だが、それこそつまらず、出てくる内容がすべて暗い色に染まりそうで怖かった。毒物じみた過去を持っている自分を恥じていた。それを敦貴に知られるのが嫌だ。

また普段は心を読んで深くは踏み込もうとしないくせに、こういう時に限って彼はろくに頭を働かせずうとうとしているので少々不満を感じてもいる。

「……敦貴様？」

声をかけてみるも、彼は返事をしない。腕を組んでそのまま静かに寝入ってしまった。

「そんな。嘘でしょう……ねぇ、敦貴様。起きてください。お布団で寝ましょう」

肩に触れた途端、敦貴の首がガクンと落ちた。慌てて受け止めると、敦貴はそのまま絹香の肩の上に伸しかかった。

――どうしましょう……どうしたらいいの？

敦貴の体を抱きしめるようにして中腰でいる。ふわりと香る白檀《びゃくだん》が上品で、鼻腔に届いた瞬間に絹香の心臓がせわしなく動く。無防備に眠る男性を抱きしめているという状況を再認識し、恥ずかしさが全身に回った。

「敦貴様、起きてください！　明日のお話をするんでしょう？　まだ寝ないでください！」

助けてほしい。でも、誰も通りかからないでほしい。

揺さぶってみようか。さすがに外部から眠りを邪魔されては覚醒するはずだ。

「し、失礼します……」

敦貴の肩に手を起き、控えめに揺する。

「敦貴様、起きてください」

「……嫌だ」

ボソボソとした声が返ってきた。顔を覗き込んで見るが、彼は眠っていた。声に反応して答えただけか。それにしては受け答えがしっかりしている。

わざと困らせるような性格でもないから、絹香はただただ焦っていた。すると、肩にもたれる敦貴がゆっくりと言った。

「君は……温かいな」

なにを意味するかわからない言葉。それから彼はもうなにも発することなく深い寝息を立ててしまった。

考える余裕などなく、とにかく今は一刻も早く彼を布団へ寝かせたい。ここは引きずってでも床に入れるしかないのでは。腕力に自信はないが、こうなったらやるしかない。

絹香は敦貴の後ろに回った。そして、無礼を承知でズルズルと引きずり、寝室のふすまを開けた。六尺以上ある背丈の男を動かすのはつらいものである。数分を要し、最終的には敦貴を布団の中へ転がした。

「さすがに世話が焼けますよ！」

小声で苛立ちを向ける。眠っているのでなにを言っても構わないと判断した。

絹香は呆れて行灯の火を消した。使用人の前でもこんなふうなのだろうか。国を守る役目を担う人材とはいえ、あまりにも無防備ではないか。そう思ったが、ふと彼の生い立ちを思い出す。

彼は幼い頃からひとりだった。使用人に囲まれていても、孤独だったに違いない。

布団で寝息を立てる彼の姿は、おそらく誰も知らないのではないだろうか。

そこまで考えて、ふと手のひらを見る。気づかぬうちに熱を持っていた。

――まさか、わたしが原因？

癒やしの異能のせいで敦貴の睡眠を誘発したのか。ありえる。

「敦貴様……」

真っ暗な寝室で、彼の耳元に口を寄せてみる。

「ゆっくりお休みください」

寝顔を間近で見ると、その麗しさに見惚れた。

しばらくした後、絹香は自室に戻って高鳴る胸を抑えながら床についた。まだ心臓が緊張している。抱きとめた彼の温度が全身に残っており、新鮮な感情があふれ出す。

絹香は頰に手を当てた。この熱は感情から来るものだ。

普段は威圧的で沈着冷静な彼の意外な一面に不覚にもときめいている。慌てて煩悩をかき消した。

「はしたないわ。あぁ、もう、敦貴様のお顔が頭から離れない……！」

冷たい布団に入れば少しは熱も冷めるだろうか。灯りを消して、暗がりに顔を埋める。

ダメだ。まだ胸が鼓動を鳴らし、辺りが静かでは余計に心音が際立っていく。小さく丸まって目をつむった。

「絹香、しっかりして。敦貴様は偽物の恋人。好きになってはいけないの。これは、ごっこ遊びなんだから」

しかし、いくら言い聞かせても深く眠ることはできず気がつけば朝で、そういえば手紙を書いていなかったと後悔した。

＊＊＊

敦貴の目覚めは規則正しい。六時半にはきっちり目が覚めるが、今日は頭がすっきりしなかった。その割に体は幾分も軽やかで、凝っていた肩がとても柔らかい。

眠りも深かったようだが、眠っている位置がいつもと違う。寝相は悪くない方なのに今日は布団の端っこで眠っていた。はて、昨夜のことがうまく思い出せない。

「……給金は渡したよな？」

思わず呟く。そして床板を外し、金庫を確認する。絹香宛の給金袋がないので、おそらく手渡してあるのだろう。では、その後どうなったのか。出かけることを彼女にきちんと約束をした覚えがない。

敦貴は釈然としないながら寝室を出て、朝の支度を始めた。休日だろうとしっかり身支度をし、読書をしながら朝食を待つ。たまに仕事の公文書に目を通すこともあるが、今日は仕事を持ち込んでいなかったので手持ち無沙汰だった。

「おはようございます、敦貴様」

障子戸の向こうから侍女の恒子が声をかけてくる。彼女は敦貴の身の回りを世話する役目を担っているので、当然、朝食の支度をしに毎朝やってくる。

「入れ」

「失礼いたします」

恒子は伏し目で膳を運んできた。

「おはようございます、恒子」

「あぁ。すぐに読むから、これを絹香に渡すように」

「かしこまりました」

恒子は無感情に返事した。彼女が米びつに入ったホカホカの白米を茶碗に盛る間、敦貴は新聞を読んでいた。

最近、情勢が乱れている。内閣もころころと変わり、庶民たちの運動が頻発しているらしい。活気づくのは結構だが、少々行きすぎではないかと思う今日この頃である。

恒子が茶を入れると同時に、敦貴は新聞を畳んだ。いつもならもう少し読みすすめるのだが、気が乗らなかった。連載中の小説も読み飛ばす。

白米に浅漬、味噌汁、数品の小鉢という簡素な膳をさっさと済ませた。

その間、恒子は寝室の布団を畳み、洗濯物と一緒に持っていく。そして洗濯場で待機する侍女たちに渡し、また敦貴の部屋へ戻ってきて今日の着物を選ぶのだ。平日は洋装の支度を、休日は和装の支度をし、敦貴が食事を済ませるまでに脇へ着物を畳んで置いておく。しかし、今日の敦貴は恒子の選んだ着物を見て迷った。

「今日は、もう少し軽い色みにしてくれないか」

敦貴の言葉に、恒子は顔をハッと上げた。

「お気に召しませんでしたか？」

その問いには答えず、敦貴は自らタンスの中を物色した。

「絹香はもう起きているだろうか？」

敦貴は着物を選びながら訊いた。すると、恒子は「はぁ」と気の抜けた声をあげた。

「早起きされる方ですし、もう起きてらっしゃるのでは？」

「呼んできてくれ」

「……はぁ。かしこまりました」

恒子は怪訝そうながらも素直に部屋から下がっていった。

絹香がどんな服を着るかで、着物の合わせ方が変わるだろう。だったら、絹香に決めてもらう方が効率的であると敦貴は思った。

ほどなくして、床板を踏むふたり分の音が近づいてくる。絹香はおどおどとした様子で入ってきた。

「おはようございます……」

「おはよう。絹香、ちょっと来てくれないか」

タンスの前で悩む敦貴の横に、絹香がおずおずと近寄った。その後ろで、恒子が膳を片付ける。彼女が完全に部屋から下がった時、敦貴は絹香の顔を見た。

「君に着物を選んでもらいたいんだが……そんなに顔を赤くしてどうした」

困惑気味な様子で無言になるのはいつものことだったが、今朝の絹香は体調がすぐれないように見える。敦貴の問いに、彼女は珍しく「ふぁっ、えぇっ、あの」と慌てふためくばかりで要領を得ない。

「はっきり言え。熱でもあるのか？」

さらに顔を覗けば、彼女は一歩後ずさって顔をうつむけた。

「おい、絹香」

「はっ、あの、申し訳ありません……」

やはり奇妙だ。声をかけるだけでこんなに緊張することなど、あまりなかった。ますます訝り、彼女の顔色から心象を読み取ろうとしたが無理だった。見当もつかないので、なんとももどかしくなる。

すると、絹香が意を決したように言った。

「あ、敦貴様……あの、昨夜のこと、覚えてらっしゃいますか？」

「は？」

なんだろう。覚えがない。

「覚えてらっしゃらないんですか!?」

絹香が驚愕《きょうがく》の表情を浮かべる。敦貴は素早く思案した。

「昨夜……寝る前に約束したよな？」

「や、約束……は、できませんでした」

「えっ」

思わぬ回答に、敦貴も素っ頓狂な声をあげてしまう。絹香はなおも顔を赤くしており、目を合わせないようにしていた。すると、なんだかこちらまで不安になってくる。

「絹香、昨夜はなにがあった？」

「え……っと、敦貴様が、大層お疲れだったようなので、その、お布団に……」

絹香はしどろもどろに言葉を発した。濁してしまうところを見るに、嫌な予感を察知する。

寝ぼけた拍子に、なにか妙なことをしでかしたのか。さっと血の気が引き、自分が動揺していることにすぐさま気がついた。不安を覚え、焦りを感じるのは初めてのことだった。

「待て、言うな。もういい」

女の口から言わせる内容じゃないかもしれない。すると、絹香も敦貴の顔色から心情を察知したらしく、大仰に手を振って訴えた。

「あ、あの、誤解しないでください！　過ちはありませんから！」

「……そ、そうか。それはなにより……すまない」

あまりの勢いに拍子抜けし、付け加えるように謝った。

絹香はホッと安堵し、ぎこちなく笑った。こういう時、彼女はいつも取り繕うのが上手なはずなのにいつもより下手に笑うものだから、敦貴は気まずくなってタンスに目を落とした。咳払《せきばら》いし、場の空気を整える。

「今日は君と一緒に出かけるから、着物を選んでもらいたいんだ」

話を元に戻すと、絹香はまたも固い表情で笑った。

「お出かけするのはお控えした方がよいと、昨夜に提案したのですが……」

「なに？　私の申し出を断るのか？」

まさか断られるとは思わず、敦貴は眉をひそめて責めるように彼女を見た。すると、その圧に耐えられなくなったらしく、絹香はあわあわと慌てて両手を振った。

「いえ！　お申し出は大変嬉しいのですが……」

「『ですが』？　恋人の役目を放棄するつもりか？」

「いえ、そうじゃなく……このやり取り、昨夜もしたんですけれど」

絹香の心底困ったような口ぶりに敦貴はため息をつき、タンスの引き出しを閉めた。
今まで言い寄ってきた女性に振り回されることは多々あるも、申し出を断られるのは一度もなく不本意だ。せっかくまとまった休みが取れるのだから、時間を有効活用したい。

「では、旅行にしよう」

「え？」

「鎌倉《かまくら》に別荘がある。母方の家の私有地だ。そこなら誰もいない。人目を気にする必要はないだろう」

「えぇっ？」

絹香は挙動不審になった。天井を見上げ、左右をキョロキョロ見渡し、敦貴を見上げる。そしてその目線がまた下へ向かっていく。

「敦貴様、どうしてそこまでのことを？　いえ、恋人役ですから、仕事をお与えくださるのは大変ありがたいのですけれど……でも……」

絹香は警戒しているのだろう。敦貴はどう答えたらよいものか、しばし考えあぐねた。

彼女を恋人役に任命したのは自分だ。すべては許嫁、沙栄のため。手紙や会話をするだけでは進展がなく、愛情を習得できているのか実感が持てない。

それに、基本的に女性に断られるという経験がないので意地になっているのは薄々感じていた。そして導き出した答えは……。

「面子《めんつ》のためだ」

きっぱり答えると、たちまち絹香の顔がどんよりと曇った。

「左様ですか……わかりました。謹んでお受けいたします」

なにか気に障ることでも言っただろうか。絹香はそれきり口をつぐんでしまった。

どことなく不満を抱くようでもあるが、どうすることもできない。

敦貴は絹香に旅行の支度をするように言いつけ、あとは使用人たちにもその旨を伝えた。

＊＊＊

旅行は来週の予定となり、絹香はあれこれと買い物をしなくてはならなかった。それまで自分の持ち物は最低限しかなく、給金をいただいてから買いに行こうと決めていたのだ。

しかし、その買い物に、やはり敦貴も同行することになった。米田もいるとはいえ、それなりに有名な長丘家令息と街を歩くのは心に負担がかかる。それに、敦貴はどこへ行っても目立つのだ。

街の中心に最近できた、なんでも揃うという百貨店へ来たが、誰も彼もが振り返ってはささやき合う様子が散見され、絹香はうつむきっぱなしだった。

せっかくの華やかな百貨店なのに、楽しむ余裕がない。きらびやかな調度品や南国らしい植物など珍しいものがあったのだが、あまり目に入れることができず、絹香は前を歩く敦貴の後ろを追いかけるだけ。

見目麗しい青年に連れ添うのが、どこの馬の骨ともわからぬ娘であるのがたまらなく恥ずかしく肩身が狭い。絹香はすっかり自信をなくしていた。それを敦貴は読み取らず、とにかくことあるごとに絹香にあれやこれを買い与える始末である。

面子がかかっているのだと彼は言った。おそらく誘いを断ろうとした仕返しなのかもしれない。絹香はやや疑心暗鬼であった。

旅行用のカバンはガマ口の革製で、しっとりなめらかな質感。下着や着物の替え、浴衣なども上等な素材のものを選び、さらには小物や化粧道具までを勝手に店員へ見繕ってもらうという、今までに経験したことのない豪華な買い物だった。

それから百貨店の最上階にあるパーラーで休憩することとなり、それまで生きた心地がしなかった絹香はようやく息を整えて切り出した。

「敦貴様、あの……」

疲れている絹香に対し、彼はどこ吹く風で平静そのものである。

「こんなにたくさんのもの……立て替えていただくのはありがたいのですが、その、お支払いがいつになるやらわかりませんよ……」

「なにをたわけたことを。これは私からのプレゼントだよ」

なに食わぬ顔でサラリと言われ、絹香は思わず立ち上がった。

「そこまでしていただく義理はありません！」

取り乱すあまり、失礼な言葉を投げつけてしまう。だが、敦貴は不思議そうに眉をひそめるだけだった。

「義理……恋人は一緒に出かけて、プレゼントを贈るものだと聞いたのだが」

「それも大阪の支店長さんからの情報ですか？　だから実行に移そうとお考えに？」

「あぁ。私だって本気なんだ。悪いが、付き合ってくれ。そういえば、浅草に劇場があったな。『凌雲閣《りょううんかく》』も流行っている。君がどうしても行きたいのなら連れていくが」

絹香は頭を抱えて悩んだ。突然の積極的な行動についていけない。ここで素直にうなずけばよいのか、彼と自分の身を案じて行動を控えるよう注意した方がよいのか……答えは出ない。

実際、恋人がどんな遊び方をしているのか、てんでわからないのだ。

新聞や小説で読むものといえば、会えない寂しさを噛みしめ、たまに会えた時の喜びを分かち合って公園で語らうか、人目を忍んで川辺を眺めるか。

こうして豪勢に買い物を楽しみ、パーラーに立ち寄って甘味を食すという上級の遊び方は知らない。周囲にいるのも上流階級の人間ばかりだ。経験のないキラキラした空間に気後れしてしまう。そして、自分がいかに狭い世界で生きていたのかをまざまざと思い知らされる。

一方で、敦貴はこの景色にしっかり溶け込んでいた。今日の彼は、涼やかな白藍《しらあい》の着物で、濃い藍の縦縞《たてじま》が入っている。帯は落ち着きのある、まるで夜更けのような色だった。揃いの色の山高帽を見るところ、すべて特注のようである。

彼は青みのある色がよく似合う。簡潔でまとまりのある配色を着こなす彼が爽やかでかっこいい。

賑やかなパーラーの一角に座っていると、やはりこの状況は〝恋人〟のように映るのだろうか。絹香は自分の格好を改めて見直した。

勿忘草《わすれなぐさ》のような淡い青に、細やかな淡桃《うすもも》の毬《まり》が袖と裾にあしらわれている。帯は濃い古代紫がつややかで、上等の織物だ。束髪《そくはつ》くずしに帯と揃いの大振りなリボンをつけている。

すでに購入されていたと思しき二着のうちどちらかを選べと、ほとんど命令に近い口調で敦貴に圧され、仕方なく選んだのがこの装いだった。もう一着は、フリルのブラウスに上品な紫苑色《しおんいろ》のスーツ・ドレスという洋装だった。ドレスを着こなし、街を闊歩する勇気はない。

応酬も面倒になってきたところで、敦貴が頼んだ甘味が運ばれてきたので話はいったん中断された。

目の前に置かれたのはいつか昔に食べた、サクサクの生地と粉雪のような砂糖があしらわれた格子型の菓子、ワッフルだった。脇にはリンゴのジャムが添えてある。

「洋菓子を食べたことがあると、君が手紙に書いていたからな」

敦貴が柔らかな声で言った。彼は紅茶を頼んでいたようで、大きな口のティーカップに角砂糖をひとつ落として混ぜている。

絹香は目をしばたたかせた。

「どうぞ。遠慮なく食べるといい」

「……いただきます」

しばらくモジモジとしていたが観念した。そろそろと銀色のフォークをサクサクの生地に差し込む。ひと口の大きさにし、ジャムをつけて食べる。

すぐに舌へ伝わるリンゴの酸味と甘みに頬がゆるんだ。そのままワッフルを噛めば、奥行きのある生地の甘みに感動してしまう。

鼻を抜けるまろやかな甘さが惜しく、ひと口、またひと口と手が止まらなくなる。

こんなにおいしい菓子の味をすっかり忘れていた。

「うまいだろう。ここの菓子は東京でも指折りの腕前だと聞く」

「はい、とてもおいしゅうございます」

絹香は素直に言った。すると、敦貴は気を抜くように小さく微笑んで、すぐに咳払いした。


夢のような休日が過ぎ去り、だが翌週も彼と一緒に旅行へ行く。絹香はその日が来てほしいような、来てほしくないような心境だった。

前日は緊張でろくに眠れやしなかった。それでも体にはいっさいの不調がなく、これもまた異能のせいかと思うと憂鬱になる。いっそ熱でも出して寝込みたかったが、仮病を使うわけにはいかない。

手紙を書くのも恥ずかしくなり、おざなりになっていた。敦貴もなにも言ってこないので、おそらく文通はもう行わないだろう。

絹香は先日の買い物で着た勿忘草色の着物を選び、米田の車に荷物を預けた。

「行ってらっしゃいませ」

使用人たちの声が聞こえ、振り返ると敦貴が屋敷から出てきた。彼の姿が見えると、絹香も深々とお辞儀する。敦貴は構わずそのまま車に乗り込んだ。

絹香も後に続く。その姿を見送る使用人たちの様子は想像したくない。結局、彼は使用人たちにもろくに説明せず、絹香との旅行を決行したのだった。

「さて、行こうか」

敦貴の心象はまったく読み取れない。絹香は曖昧に笑って、ただただおとなしく車に揺られるしか術がなかった。

鎌倉は異国情緒漂う西洋建築物があちこちにあり、冷たい潮風が心地いい人気の避暑地だ。緑と青空が夏の風情を思わせ、セミの鳴き声すら涼しげだ。

敦貴の母方の持ち物だというこの地は、外界から隔離されるように森が鬱蒼《うっそう》と生い茂り、自然豊かだった。その森を抜ければ白浜が現れる。奥にはキラキラとまたたく碧《あお》い水平線を望む。じっくり見つめてしまうほど、海への懐かしさを感じていた。

このあふれる自然の中、ひっそりと建つのは切妻《きりづま》屋根の木造洋館だった。白い外観に窓枠やバルコニー、支柱は焦げ茶色という、その色合いが意外にもかわいらしさを醸す。立派な円筒形の展望台が玄関の横に設置されている。

ある程度の持ち物は別荘に送っており、絹香のカバンには簡単にまとめた化粧品が入っている。それを米田が屋敷の中へ運んでいった。

「絹香」

車から降りた敦貴が呼ぶ。森の奥にある海を見つめていた絹香はハッと振り返った。

「そこからでなくとも、この展望台から海が見えるぞ」

「本当ですか！」

思わず高揚する。この反応に、敦貴は少し面食らっていた。

「なんだ。道中、黙りこくっていたから不機嫌なのかと思っていたのに」

彼の言葉に、今度は絹香が驚いた。

「そんなふうに思われていたんですか?」

「あぁ」

――敦貴様でも心が読めないこともあるんだわ。

普段は探るように質問攻めにし、こちらの口を塞いでくるのに、今日の彼は手紙や夜に見せるゆるみがある。誰もいない休日なのだから当然と言えば当然だが。

敦貴の後ろから、絹香は邸の中へ足を踏み入れた。

緑がかった乳白色のシャツは縞柄《しまがら》で、吊りベルトと紺色のネクタイといった洋服をさらりと着こなしており、そんな彼の後ろを動きにくい着物でついていく。しかし彼はさっそく展望台の階段をのぼる敦貴についていこうと必死に追いかける。しかし彼の歩幅と合わず、絹香は遅れをとった。

背中が見えなくなり、さらに慌てていると、敦貴が下りてきた。

彼は無言で手を差し出してくる。その手をためらいがちにとると、敦貴はゆるやかに階段をのぼり始めた。

時折、階段の踊り場の窓から差し込む陽の光が眩《まぶ》しかった。邸の中はひっそりとしていて、とても涼やかだ。

三階が最上階であり、そこは木目が柔らかなドームだった。前方に海が広がっている。

「しばらく来てないから、立て付けが悪くなっているかもしれないな」

そうこぼす敦貴が窓を開け放った途端、うねる潮風が流れ込んできた。絹香は彼の横に立った。

窓の向こうにはバルコニーがあり、横に伸びる海を一望できる。キラキラとまばゆい白波と、反射する陽光、美しい碧がとても清々しく、心が落ち着く。

「気に入ったようだな」

敦貴が満足そうに目尻を緩める。絹香はほころばせていた顔を伏せた。

「心を読まないでください」

「それくらい、読まなくともわかる」

絹香は恥ずかしくなり、顔をそむけた。

「そうか。君は海の街で生まれたんだったな……」

こちらの恥じらいに構わず、彼はバルコニーに身を乗り出しながら言った。

「東京は窮屈か？」

「いいえ。これ以上ないくらい毎日が夢のようで。憧れの場所です」

「その割に君は私と歩く時、ずっと周囲をうかがっていた。東京は嫌いなのかと思っていたんだが」

「それは……」

──敦貴様の横にいるのがわたしでよいものか、罪悪感が働くのです。

喉元まで出かかった言葉を飲み込む。

「私の隣にいることが不満か？」

「違います」

「では、こうかな。自分はしょせん〝恋人役〟だから、間違いのないよう振る舞わなければいけない。それくらいわかってくれ、とでも考えているのかな」

「……っ！」

絹香は思わず顔を上げ、不満あらわに唇をとがらせる。だが、その苛立ちも長くは続かず、彼の笑顔を捉えた瞬間、すべての時が止まった。

敦貴はふわりと目尻を垂らしていた。破顔とまではいかず、うっすらと微笑んでいる。陽の光を浴びる彼の横顔はあまりにも精巧で、美しかった。

「敦貴様、素敵です」

絹香は驚きのあまり、つい口に出した。すると、敦貴がゆるめていた口の端をキュッと結んだ。そして、バルコニーから背を向けて部屋の陰に隠れていく。

「あまり風に当たるな。体に障る」

そう言い残し、彼は展望台を下りていった。

＊＊＊

不覚だった。敦貴は階段を下りながら、口の端を揉《も》んだ。

感情が表に出ることはあまりなく、ただただ求められたものに応じて顔を変えているにすぎない。しかし、どうしてか絹香の前では自分でも気づかぬうちに心に秘めた感情が漏れてしまう。

こちらが優位に立っているはずなのに、いつの間にか絹香に立場をひっくり返されているような気がしてならない。今回の旅行も、彼女が買い物に出たがらず、共に出かけるのすら拒むから提案したものであり、妙な意地が働いた。絹香に断られたのが我慢ならなかったのだと改めて思う。

――柄にもない。

また、同時に情けなくなる。絹香の恋人として振る舞おうと意識すればするほど、調子が乱されていく。

「待って、敦貴様……」

考えていると、背後から絹香がパタパタと危なっかしく追いかけてきた。

「慌てて下りると危ないぞ」

そう言いかけて振り向くや否や、彼女の足がずるっと階段をすべる。

「っ！」

短い悲鳴を抱きとめるように、敦貴は腕を伸ばした。彼女は手すりをつかんだが間に合わず、そのまま仰向けに倒れていく。

敦貴は咄嗟に絹香の後頭部に手を回した。なんとか頭を守ることができたものの彼女に覆いかぶさる形になっており、互いに顔が近かった。

絹香の白くきめ細やかな肌と、赤く染まった頬紅、大きく見開かれた澄んだ瞳はまるで星空のよう。完璧なまでに美しく、ずっと見ていたくなる。

その時間、どちらの呼吸も聞こえなかった。息を止めていることに気がつき、ハッと我に返ると敦貴は静かに訊いた。

「無事か？」

真っ赤だった絹香の顔が瞬時に青ざめる。

「申し訳ありません」

「まったく、怪我でもしたらどうするんだ。ここから医者までは時間がかかるんだぞ」

絹香を抱き起こしながら、敦貴は苛立ち交じりに言った。しかし、絹香は困惑気味に眉をひそめて笑う。

「平気です。ご心配には及びません。わたしは丈夫なので」

「なにを言ってるんだ。ついこの前、車に驚いて足を挫いただろう」

鋭く指摘すると、彼女は両目をしばたたかせた。そして、気まずそうにうつむく。

「そうでした……」

その声があまりにも意外そうなので不審を感じた。

——まさか忘れていたわけではあるまい。

敦貴は冷静に考えた。あの怪我はちょっとやそっとのことで治るものではない。米田の報告にもあったが、いつの間にかすでに完治している。だんだん挙動不審になる彼女を、敦貴は目を細めて見つめた。

「絹香」

立ち上がる絹香の手首をつかむ。

「君、私になにを隠している?」

「えっ」

絹香の真っ黒な瞳が揺らいだ。彼女は敦貴の目を見ているが、動揺のあまり言葉を失っている。

「君の足はそう簡単には治るはずがないんだ。正直に言いなさい」

そこまで言えば、絹香は唇を震わせて怯えた。つかんだ手首までもが震え、その振動を感じた。

「あ……あの、敦貴様……わたし……」

絹香は赤い唇から呻くような声を漏らす。そして、やはり顔をうつむけた。

そんな顔をされたら、まるでこっちが脅しているようだ。いや、脅しているのか。彼女にとって、よほど聞かれたくない内容なのだろう。

敦貴はため息を落とし、彼女の手首を放した。絹香の顔がわずかに上がり、おずおずとこちらを見る。

「もういい」

「申し訳ありません……」

絹香は声を絞り出した。

そんな怯えた声で謝らせたかったわけじゃない。しかし、今の自分が彼女にとって脅威なのだと気づけば言葉を諦めるしかなかった。

敦貴は憤懣《ふんまん》やるかたない気持ちのままその場から離れ、一階の居間へ引っ込んだ。

彼女といると、煩わしいほどに心がざわつくのだ。いちいち感情に揺れ、彼女の動向ひとつひとつに敏感になる。他人など、どうでもよかったはずなのに。

出窓に置いた肘掛け椅子に座り、外へ目を向けた。心のざわつきを静めるため、清らかな緑をぼんやりと眺める。すると、道の向こうから白いパラソルがこちらに近づいてきた。

目を凝らせば、黄色の華やかなワンピースの少女と物腰柔らかそうな着物の老女がこの別荘に歩いてやってくる。来客の予定はなく、この旅行を知っているのは限られた使用人だけのはずだ。

敦貴は慌てて外に出た。夏の日差しのせいで蜃気楼《しんきろう》でも見ているのかと思った。しかし、そこにあったのは紛れもなく現実だった。

「あ、敦貴さーん！　お久しゅうございますー！　沙栄が参りましたよー！」

ころころと鳴る鈴音のような声を響かせる矢住沙栄がパラソルを持ち上げて登場した。

沙栄はニコニコと楽しげな笑みで屋敷の中へ入ってきた。お付きのばあやが疲れた様子だったので、米田に紅茶を作らせている。

居間のソファに敦貴と沙栄、ばあやが向かい合わせで座った。敦貴が暖炉側に座り、部屋全体が見渡せる。すると、二階からようやく絹香が下りてきた。ちょうど沙栄たちが座る方向に階段があり、絹香と目が合う。彼女はこちらの状況を察したように、ゆっくりと上段へ戻っていった。

そんなヒヤヒヤしたこちらの状況をつゆ知らず、沙栄は愛嬌《あいきょう》を振りまいてくる。

「うふふ。お会いするのはわたくしの誕生日会以来ですね。ちょうど、わたくしもこっちの別荘に滞在しておりまして。ご挨拶に参りましたの」

「そういう時は事前に連絡を入れてほしいところだな。いっさい聞いてないが」

「なんて言うんでしたっけ……あぁ、そうそう〝サプライズ〟ですわ！」

沙栄が元気よく前のめりになる。敦貴は表情を動かさないよう努めた。沙栄を困らせるということは、自分も困るということ。面倒は避けたい。

敦貴は話題を変えた。

「髪を切ったのか」

沙栄はつややかでまっすぐな黒髪を肩の位置で切り、内巻きにしている。先日、会った時は大切に伸ばしていたはずだが、急な様変わりに驚く。

するど、彼女はあっけらかんと答えた。

「えぇ、わたくしにはこっちの方が楽で。都会的でおしゃれでしょ？　うふふふっ」

「……そうか。それはなにより」

すると、米田がワゴンに紅茶のポットとカップをのせて運んでくる。よどみのない動作で米田は三人分の紅茶を用意した。英国紅茶は沙栄のお気に入りだ。

「ありがとう、米田さん」

沙栄が微笑みながら言うと、米田は一礼して下がった。

濃い眉が凛々しく、ほっそりとした顔立ちの沙栄は絹香よりふたつ年下だが幼く見えてしまう。こうして突然押しかけてくることも含み、彼女の自由奔放さに呆れる。

敦貴は紅茶をひと口含んだ。上品な渋みがあるダージリンは、やはりストレートに限る。気持ちを切り替えるにはうってつけだ。

味を堪能してから敦貴は、目の前で紅茶にミルクを流している沙栄に訊いた。

「どうして私がここにいると？」

「敦貴さんのお父上から聞きましたわ」

「……そうか」

敦貴は苦々しく思ったが、顔に出すまいと懸命に努力した。

確かに休暇を取ると各方面に申告したが、まさか父にまで届いているとは思いもしない。沙栄の恐ろしいところは、なぜか父と親しいところだ。外堀を埋められているようで、ますます気に食わない。

すると、沙栄がいたずらに笑いながら言った。

「懐かしいですわね……昔、ここで敦貴さんと初めて会った時のことを思い出します」

「そんなこともあったな」

「はい。あれはわたくしがまだ四つくらいのことでしたね。敦貴さんは十三歳でいらっしゃいました。わたくしがあまりにもわがままなものですから、敦貴さんが怒って口をきいてくれなくなって……悲しくて泣きわめいてしまいました」

そう言って、沙栄は舌を小さく出した。

敦貴はソファの背にもたれた。思えば、沙栄を泣かせたあの日から、彼女に苦手意識を持ってしまったのかもしれない。今も昔も変わらずにいるつもりだが、やはりあの頃の自分も幼かったのだと認識する。

そうして懐古にふけると会話が持たず、沙栄が勝手に話題を変えた。

「ねぇ、敦貴さん。いま、御鍵家のお嬢様がいらっしゃるんでしょう？」

思わず耳を疑う。

「その話は誰から聞いた？」

「敦貴さんのお母上ですわ」

「……そうか」

敦貴は頭を抱えそうになった。おそらくあの邸で誰かが情報を漏らしているらしいことを把握する。それが誰なのか気になった敦貴は、目線だけで米田に合図した。脇に控えていた米田がすぐに外へ出ていく。東京の長丘家へ戻り、探るように手配した。

そんなやり取りに構わず、沙栄は好奇心たっぷりにせがんでくる。

「一緒に来ていらっしゃるのですよね？　わたくし、ぜひお会いしたくて参ったのですよ」

そこまで知られているならば隠し立てする方が怪しくなる。敦貴は仕方なくソファから立ち上がった。

「少し待っていてくれ。呼んでくる」

「はい！」

彼女の元気な声を背にし、敦貴は素早く階段を駆け上がった。

絹香は二階の部屋でジッと息をひそめていた。そんな彼女に沙栄の相手を頼むのが、わずかに心苦しい。また、先ほど威圧的な態度をとったことが気まずく、まだ顔を合わせたくない。

深呼吸してノックする。「はい」と声がかかり部屋に入れば、絹香は落ち着き払った様子でこちらを見ていた。微笑をたたえたその面持ちは仕事をするために気合いを入れたようである。

「すまない。沙栄が来た」

「やはりそうなのですね……まさか、こんなことが起きるとは……」

絹香は物わかりがよく、こちらの状況を把握したように苦笑を浮かべる。敦貴は髪をかき上げ、脱力気味に口を開いた。

「しかももっと悪いことに、君に会いたいそうだ」

「まぁ……それは、想定外ですわね」

絹香は眉間にシワを寄せて渋面になった。

「あぁ。なんでも、うちの母から君のことを聞いたらしい。この情報を漏らしたやつが長丘家にいる。だが、沙栄の様子からして、君が私の恋人役であることは知らなそうだ」

「では、わたしはどうしたらよいのでしょう？」

「おそらく話し相手でも欲しいんだろう。この別荘に泊まらせることはないから、適当に話を合わせてくれないか」

すると、絹香は両目を細めて静かに言った。

「承知しました」

絹香はすっと立ち上がり、表情を強張らせた。感情を押し込めて従順に尽くしてくれるのはありがたいが、彼女の心が見えなくなるとこちらが困ってしまう。

敦貴は悟った。今、自分は人生で一番気が動転していると。

＊＊＊

矢住沙栄とはどんな人物か。

絹香は先ほどあった敦貴との出来事をいったん、頭の中から放り出して務めを果たそうと居間へ向かった。

黄色のワンピースに、ふわふわと愛らしい短い内巻きの髪型をした少女がいる。

彼女は振り返って絹香を見た。そしてキラキラと好奇心旺盛に目を輝かせ、立ち上がるや否や駆け寄ってきた。

「絹香さーん！　お会いしたかったです！」

大きく両手を広げて絹香を包み込むように抱きしめる。

「あ、あの……!?」

「ハグです、ハグ！　きゃー！　本当にお人形さんみたいにかわいらしい人！」

あまりのはしゃぎぶりに絹香は思わず敦貴を見たが、助けてくれそうになかった。米田もいない。

「初めまして、矢住沙栄です。お話に聞いていたとおりの人でよかったわ。わたくし、長丘家の方に聞いたんですの。御鍵家のお嬢様が敦貴さんの元で花嫁修業をなさってるって。ぜひともお話がしたかったんです！」

ペラペラとなめらかに話をする沙栄に、絹香はなんと答えたらよいか困った。気の利いた言葉も思いつかず、ただただ口の端を持ち上げて愛想笑いするしかない。

「そう、なんですか……お会いできて光栄です、沙栄様」

「やだ、沙栄様だなんて。〝沙栄ちゃん〟って呼んでくださいな。わたくしも〝絹香ちゃん〟ってお呼びしますね。うふふっ」

「それは……あの、えーっと」

ここは従うべきか。敦貴を見ると、彼は能面さながらの無表情を貫いていた。なにを考えているのかさっぱりわからない。

絹香は渋々「沙栄様」とは呼ばずに「沙栄さん」と呼ぶことにした。一方で沙栄は勝手に「絹香ちゃん」と呼ぶので任せるしかない。

沙栄は絹香をソファに座らせて、ばあやと共におしゃべりを始めた。同時に、敦貴はまるで影のようにひっそりと気配を消す。

──なんて人……。

絹香は心の中で盛大に嘆いた。敦貴の非情さが恨めしい。

話には聞いていたが、この矢住沙栄という人物は確かにかわいいものが好物であるかのような、ふわふわと夢見がちな花の乙女だった。最初はなにか企みがあって、絹香を探っているのかと思っていたが、そんな素振りはいっさいない。疑うことを知らぬ純真無垢《むく》そのものである。

彼女は好きな菓子や物語などの話題を振ってきた。

「ワッフル、ご存知？　あ、知ってるのね！　おいしいわよねぇ、癖になっちゃいそう。もちろん、おまんじゅうも大好きよ。でも、餡《あん》が重たくって、何個も食べられないじゃない?」

そういえば、彼女は御鍵家と同じく貿易会社の娘だ。幼い頃から西洋文化に敏感で、こういった話をする機会に飢えていたのかもしれない。

それから外国土産の話が続き、沙栄はとくに西洋のおとぎ話が大好物らしかった。サンドリヨンや人魚姫などは絹香も一時期、憧れたので懐かしくなる。なんとなく話を合わせていると、沙栄の勢いに拍車がかかった。同志を見つけたとばかりにはしゃいでくれる。

「あぁ、やっぱり同じだわ。ほら、ばあや、言ったでしょう。絹香ちゃんはわたくしととても相性がいいのよ。絶対にそうだと思ってたわ」

興奮気味に話す沙栄に、ばあやは淑やかに「そうですわね」とうなずく。絹香は照れ隠しに笑った。

「絹香ちゃん、笑うととても美しいわ。あぁ、素敵。もっと笑ってほしいな」

その期待には応えられない。絹香は袖で口元を隠した。

自分では意識していなかったのだが、人見知りのようだ。いや、沙栄のような女性に出会ったことがないからではないか。だが、それもしっくりこない。

絹香は遠く離れた記憶を掘り起こした。

沙栄は亡くなった母によく似ている。奇妙な安心感と戸惑いはおそらくそのせいだろう。

懐かしさで鼻の奥がうずく。それを悟られまいと、必死に心を押し殺していた。

それから、沙栄は敦貴との婚姻のことや敦貴との思い出を語って聞かせてくれた。そのほとんどが米田から聞いていたものや彼との文通で知ったことばかりだった。

やはり敦貴は素顔や本心を誰かに見せたがらない性格らしいことが読み取れる。

彼女が繰り出す言葉の端々に、敦貴への尊敬と好意がにじみ出ていた。熱烈な恋心を抱いていると確信する。

「敦貴さんはおとぎ話の王子様みたいなの。とても素敵な方でしょう？　優秀で地位もおありで、女の子の憧れですわ。そう思いますでしょう？」

彼女は何度もそう言うが、絹香は敦貴が〝王子様〟だとは思えなかった。

確かに敦貴はおとぎ話の王子のように美しい。だがその実、他人の心を読んで先回りし、相手の口を塞ぐ悪癖の持ち主である。意地悪とでも言うのだろうか。

絹香はそう解釈している。それとも、敦貴は沙栄のことを本当に大事に想っていて、沙栄だけに素顔を見せているのかもしれない。

そう考えると、自分の存在がいかにも使用人と同じ身分であるということがまざまざと思い知らされた。

――わたし、なんでがっかりしているのかしら。

買い物や旅行に連れていってもらっただけで、何度も助けてもらっただけで、自惚《うぬぼ》れてしまっていたのかもしれない。律していたつもりが、いつの間にか隙だらけだったことに気がつく。

「絹香ちゃん?」

ハッと顔を上げる。沙栄が心配そうに見ていた。いつの間にかどんよりと表情を曇らせていたようだ。

すると、ようやく背後から敦貴が現れた。

「昼寝をしていた。君たち、随分と打ち解けているようだな」

「あら、敦貴さん! 聞いてください。わたくし、絹香ちゃんと仲良くなりましたよ!」

「そうか。それはなにより」

そっけない態度なのは相変わらずだ。それでも沙栄は気に留めることなく話を続けようと口を開く。しかし、それは敦貴によって遮られた。

「もうすぐ夜だ。沙栄、別荘まで送ろう」

「えぇっ? もう!? まだお話したいことがたくさんあるんですのよ」

「ダメだ。父上に叱られても知らないぞ」

「それは困ります！　はぁ……仕方ないですわね……絹香ちゃん、またおしゃべりに付き合ってね」

敦貴に背中を押されながらも、沙栄は絹香に振り返って言った。畳んだパラソルを小さく振ってくる。

その笑顔が憎めないから困る。絹香は小さく手を振り返した。沙栄の声は夕焼けの中でもよく通り、背中が見えなくなるまでなかなか気が抜けなかった。

どうやら歩いていける距離に泊まっているらしく、敦貴が沙栄に寄り添って歩いていく。それを見届けて、絹香はソファにしなだれかかった。

どっと疲れがあふれていく。こんなに気を張る一日は久しぶりだ。御鍵家での日々よりも格段に楽だが、別の緊張感がある。しばらく呆けたように天井を眺めて、沙栄との時間を思い返した。

親しみやすく、男性へ素直に甘えられるかわいい女性《ひと》。きっと、世の男性は明朗快活な女性を好ましく思うはずで、沙栄はすべてを兼ね備えている。確かに敦貴と正反対な性格だが、それゆえに大事にしなければと気にかけているのも無理はない。ただ、一日相手をすると疲れてしまうことは身に沁《し》みてわかった。

「明日も来られたら身がもたないわ……」

そうしてひとりごとを天井に投げていると、ほどなくして敦貴が戻ってきた。

「安心しろ。沙栄は明日東京に戻るそうだ」

聞いていたのだろうか。思わず身構える。

しかし、敦貴はなに食わぬ様子で絹香の前に座った。その顔は、夜に見せる時のような無気力なゆるみがある。

「悪かった。急にこんなことを頼んで」

また心を読んだのかと思ったが、あまりにも素直な謝罪だったので驚いてしまう。

「沙栄は、ああして一日中ずっとしゃべっている。そのどれもが脈絡ないもので、予測不可能。対応が難しい」

「でも、未来の奥様でしょう？　避けては通れない道ですよ」

「あぁ。だから、君で慣れようとしているんだ。そもそも、女性と長時間過ごすというのは、私にとって苦難でしかない」

敦貴は肘掛けに腕を立て、疲れたように顎をのせた。絹香をジッと見つめている。対し、絹香はなんと言えばよいかわからず、目のやり場に困っていた。

「……君はおとなしくて可憐だな」

ふと、敦貴が呟いた。

「沙栄みたいにおしゃべりじゃなく、静かで落ち着きがある。隠しごとは多いようだがな」

「昼間のこと、怒ってらっしゃいますか？」

「いいや。ただ、気になってはいる」

敦貴はそっけなく答えた。

あの時、彼は真に迫る様子で絹香に問いかけた。

足の怪我が治っていることに、敦貴が不審を抱かないはずがない。迂闊だった。どうにかこの異能を悟られない方法はないものだろうか。

考えていると、敦貴が眠そうに窓の外を眺めていた。橙色《だいだいいろ》の太陽が差し込んでくる。翳《かげ》る横顔が気だるげで、なにを考えているかわからない。その横顔に不覚にも見惚れてしまう。

一瞬、彼の頬に触れたいと思ってしまった。そんな邪《よこしま》な思いをすぐにかき消すと、敦貴が視線だけをこちらに向けた。

「絹香」

「はい……」

「恋慕とは、なんなのだろう？」

敦貴の問いに、絹香はなにも答えられない。ほんの一ヶ月前は偉そうに誰かの恋物語を語っていたが、なんだかわからなくなってくる。

恋慕とはどんなものなのだろう。これをもし恋だというのなら、確実に危ない橋を渡っている。自覚したら戻れない。だから、絶対に認めるわけにはいかない。

彼を好きになってはいけないのだ。彼の仕草にいちいち感情を乱すのはよくない。

絹香は平常心を心がけた。それが返答に迷っていると捉えられたのか、彼はため息をついて目を閉じた。絹香もただ座って太陽の傾きを眺め続ける。

そんなゆるやかな時間が終わるのは、それから数分後のことだった。

「……食事にしよう。そろそろ米田も帰る頃だ」

そういえば、米田の姿を随分と見かけていない。

「米田さんはどちらへ？」

「彼には仕事を頼んだ。沙栄に絹香のことを漏らした者を探っている」

「そうだったんですね……確かに、わたしなんかのことを長丘家の外へ知られたら一大事ですわ」

「まぁ、それもあるが。その前に君の身の安全を確保しないといけないだろう。私のわがままで付き合ってもらっているのだから、全力で君を守りたい」

敦貴の無感情な声が強い言葉を放ち、絹香は困った。ここで頬を染めたらいけないとわかってはいても、心臓がトクンと音を鳴らして体温が上昇する。

「絹香、顔が赤いぞ。熱でもあるのか」

「違います！　もう、敦貴様ってば、そういうことを平気でおっしゃるのですね。心臓が持ちませんわ」

絹香は顔を覆った。しかし敦貴には不可解だったらしく、真剣な表情で訊いてくる。

「どういう意味だ？」

「それは……」

「私のせいか」

なおも真剣な調子の敦貴である。絹香はたまらず早口で噛みついた。

「そうです。敦貴様のせいです。あなたのような殿方は路傍に咲く雑草に、無償で厚意を振りまいてはなりません」

チラリと見上げると、敦貴が口元に手を当てていた。困ったように眉をひそめている。

「礼儀だと思っていたんだが、いけないことだったのか……」

「いえ、いけないことではないんですけれど。敦貴様は乙女の心をわしづかみにする力を持っています。自覚なさった方がよろしいかと」

――勘違いしてしまいますから。

なんとか濁そうとするも、敦貴は生真面目に思案していた。そして涼やかに訊く。

「ふむ。それは、つまり君も私に惚れているということかな？」

絹香は頬から蒸気が出そうになるほど熱くなった。

「……っ！」

すると、敦貴の細い目が大きく開いた。しばらくふたりで見つめ合っていたが、いたたまれなくなった絹香はソファから下りた。

「食事の支度はわたしがします！」

そう宣言し、台所へ飛び込む。

彼の驚いた顔がわずかに赤らんでいた。それが意外で、とても愛しく感じる。

——どうして、そんな顔をするの？

胸の奥がぎゅっと切なくなり、絹香は台所の壁をパタパタ叩いた。

第四章　あなたになりたい

翌日、朝食の席で敦貴の表情が柔らかいことに気がついたらしく、米田が日本茶を用意しながら訊ねた。

「なにかよい兆しでもありましたか」

「いや、どうだろう。絹香の作る料理が思いのほかうまかったことくらいか。魚の焼き具合が絶妙だった……いや、とくに兆しはないな」

「それくらいの戯《たわむ》れでよいのではありませんか」

敦貴は鼻を鳴らした。新聞を開いて目を落としたが、ページはいっさい動かない。

すると米田は咳払いし、ひそやかに声を低めて言った。

「ところで、ご報告差し上げてもよろしいでしょうか」

「なにかわかったか」

途端に敦貴は新聞をサッと下ろして訊く。米田は表情を変えずに低い声で淡々と答えた。

「沙栄様と接触した侍女が三名おりました。池野初美《いけのはつみ》、友永《ともなが》ゐぬ、馬場《ばば》恒子。沙栄様が訪問された際、かの者たちが身の回りのお世話をしています」

「ほう」

敦貴は三人の侍女を思い浮かべた。

全員、長丘家では長く勤めており、仕事の質も高い。沙栄の相手をするには申し分ないが、この中で口が軽いと言えば初美か恒子だろうなとすぐに思い当たる。ゐぬは女性にしては寡黙で、誰とも打ち解けない性格である。以前も、腰を痛めたことを申告しなかった。

「では、初美と恒子を見張れ。どちらかふたりが私たちの関係を探っている可能性がある。いや、もうすでに嗅ぎつけていて、なにか行動を起こしているやもしれん」

「はぁ……まさか。そんなこと」

米田は釈然としないような返事をした。長年共に働いた同僚を疑うのは良心が痛むのだろう。しかし、敦貴はそんな情を持ち合わせることはなく冷淡だった。

「お前もどうだかわからんからな……」

敦貴はふっと笑みを浮かべた。米田は頬を引きつらせ、隠れるように視線を落とす。

「敦貴様のご性分は承知しているつもりです。では引き続き、調査をしてまいります」

「あぁ、頼む」

米田は一礼して居間を出た。

ひとりきりで過ごすのは清々しいのだが、なにをしたらよいかわからなくなる。読書をするのも結構だが、今は〝恋人〟の絹香のことを考える方がよいのではないか。

絹香は、沙栄の見送りに朝早くから矢住邸へ出かけていった。行かなくてよいと言ったにもかかわらず、律儀に出かける彼女の後ろ姿を脳裏に思い起こす。そろそろ戻るだろうか。

そういえば、絹香との文通が途絶えたままだったことに気がついた。

絹香のことが知りたい。それは、ただの好奇心か、それとも――。

「はっ、恋慕なものか」

自身の考えを一蹴した敦貴は素早く新聞を畳み、茶を飲み干して自室へ向かった。

適当な本と手ぬぐいを持ち出して外に出る。

「どちらへ？」

庭掃除をしていた米田が不審そうに声をかけてきた。

「西の湖畔に行く。後で飲み物を持ってきてくれ」

それだけ告げると、敦貴は絹香の帰りを待たずにさっさと森の中へ消えた。

＊＊＊

改めて挨拶でもと伺ったものの、矢住邸でのもてなしに動揺を隠せない絹香は、やはり肩身が狭かった。見送りに来ただけだというのに紅茶とワッフルを振る舞われるとは思わず、大きく豪奢な吹き抜けの居間の中心でぼんやり座っていた。それだけなのに必要以上に疲れる。

敦貴との関係が潔白であるにもかかわらず、天真爛漫《てんしんらんまん》で人を疑うことを知らぬ少女の相手をするのは大変だった。とにかく早く矢住邸から出ていきたい。行かなくてよいと引き止めてくれた敦貴の言葉に従えばよかったと後悔する。

だが、それを察するわけがない沙栄である。

「んもう、今日戻るんじゃなかったら、絹香ちゃんと一緒に遊びたかったのになぁ。ねぇ、今度はゆっくり遊びに行きましょ。ほら、東京駅ができたじゃない。外観がとても立派ですごいらしいわよ。あなた、もう見たことあるかしら」

「いいえ、まだ見たことは……」

「だったら行きましょうよ！　百貨店もあるし、お買い物に行きたいわ。あそこのパーラーはご存知？」

「えぇ、そこでしたら、敦貴様と……」

そこまで言いかけて絹香は口をつぐむ。余計なことをしゃべってしまいそうだ。幸いにも、沙栄は気づいていない様子だった。声が小さくてよかったと心から思う。

「沙栄、そろそろ出ますよ」

玄関から沙栄の母親らしき声が聞こえる。

「はーい！　ごめんね、絹香ちゃん。お見送りありがとう」

「えぇ」

一緒に玄関を出て、沙栄が乗り込む車まで近寄る。父と母は別の車に乗って先に出たようだ。沙栄はばあやと共に車に乗り込み、絹香の手を握ったままでいる。

「また会いましょうね。きっとよ。わたくし、長丘家に遊びに行くから。約束ね」

そう言って、彼女はかわいらしい小さな小指を立てた。戸惑う絹香の手を取り、小指を絡ませる。

「指切りげんまん」

沙栄は笑顔で言った。ちょうどよいところで、蒸気自動車が煙を吹かす。沙栄が指を離し、絹香はさっと後ずさった。

「それじゃあ、絹香ちゃん、ごきげんよう！」

元気よく手を振る沙栄。車は煙を吐きながら絹香を置き去りにしていく。

だが、沙栄の手だけは一向に消えてくれない。明るい黄緑の道をどんどん過ぎていき、曲がり角へ差しかかるまで沙栄は絹香に手を振り続けていた。

絹香は言い知れぬ奇妙な高揚感があった。友人との約束なんて、何年ぶりだろう。

それに、なんの悪意もなく無邪気に人と接するのも久しぶりだった。

おそらく、彼女の前では顔色をうかがわなくてもいいのだろう。自然体でいられたらとても楽しいはず。

しかし、敦貴と交わしたものの重たさのせいで心に鍵がかかったままだった。

なんのしがらみもない友人関係になれたらどんなに楽しいだろう。それも叶わぬ望みだ。

「わたしも、沙栄さんみたいになれたらいいのに」

絹香はしばらく豪邸の前でぽつんと佇《たたず》んで、ため息をこぼした。

それからは、トボトボとひとりで歩いていた。徒歩二十分ほどで別荘へたどり着けるが、なんとなく近辺を散策してみる。しばらくひとりきりで風に当たっていたかった。

手入れが行き届いたあぜ道は潮風が通り抜けていき、頬や首元をほどよく冷ましてくれる。小川が近いのか、耳をすますと清らかなせせらぎが聞こえた。見渡せば、青カエデの小さな葉があちこちにある。

絹香は下駄をカラコロ鳴らしながら小道を抜けた。地面は固いが、どんどん海に近づくにつれてサラサラとした白砂へと変わっていく。

分かれ道に出た。一方は狭い道、もう一方は大通りへ続く道。どちらへ行っても帰れるのだが、行きに使ったのが大通りだったので、今度は狭い道を選んだ。

青カエデが続く細道はなんだか不思議な世界への入り口のよう。

しばらく林道が続き、滑らないように用心深く、けれどはやる心に従って行くと唐突に開けた場所へ抜けた。

突然の青い天空と小さな湖畔。平べったい蓮の葉があり、立派な花も開いている。岸の向こう側にある丸テーブルとパラソルへ目が行く。手ぬぐいを敷いた椅子に座っているのは敦貴だった。

絹香はすぐさま周囲を見渡した。まさかこんなところで遭遇するとは思いもしない。岸をぐるりと回れば、すぐにたどり着ける。風に煽られ、絹香は彼のそばまで近づいた。開きっぱなしの本を胸に置いて居眠りしている。ここへ来てからの敦貴は疲れて帰ってきた後のように気が緩んでおり無防備だ。

「本当にお疲れなのね……」

絹香はジッと彼の顔を覗き込んでみた。こめかみが汗ばんでいるので、持っていたハンカチーフで拭う。

彼の寝顔は何度も見ているが、こんなにのどかで美しい場所で眠る姿も実に麗しいと思う。

「なにを見ている」

目をつむったまま、彼の口がそう動いた。

「お、起きてらっしゃったんですか……」

「そう深く寝入っていたわけじゃない」

　敦貴は眩しそうに薄く目を開けた。そして、絹香の腕をぐいっとつかむ。突然の行動に身構えることができず、絹香はなすがまま体勢を崩した。

「少し付き合え」

　一方で彼は躊躇《ちゅうちょ》なく絹香を自分の膝の上に乗せた。絹香はまるで西洋人形のように彼の両膝の上に座っている。突然のことで絹香はなにも反応できずに固まった。

「あ、あの、付き合えとは、どういう意味でございますか？」

「ただここに座っていればいい。椅子はひとつきりだから」

「そんな……わたし、重いので、敦貴様のお膝に乗るだなんて」

「黙れ」

　有無を言わさない短い言葉に、絹香は渋々従った。顔を見ることなんかできない。しかし、横顔が近い。

「近くにいれば少しは緊張感が出るかと思ったんだが……あまり感じないな」

　どうやら敦貴は真剣に自分の恋心を試していたらしい。絹香にとってはいい迷惑であるが、それが仕事なので反論も拒否もできなかった。

　ちなみに、こちらは心臓がバクバクとうるさい。この音が彼に届いたら嫌だ。しかし、つかまれた腕から脈拍が伝わったらしく、敦貴が不審そうに訊いた。

「君が緊張してどうするんだ」

「だ、だって！　こんなことされたら、誰だってびっくりします！」

「沙栄もそうだと？」

「……はい」

ここで沙栄の名が出てくるとは思わず、絹香はわずかに怯む。

「私はそうは思わないな……沙栄なら、喜んで飛びついてきそうだ」

その見解はおおむね正解だろう。彼の分析に絹香はすんなり納得できた。「ですね」と答えるのが精一杯で会話が続かない。頭の中で「これは仕事」と言い聞かせていると、敦貴が椅子の背にもたれた。

「君は私の理想だ」

「はぁ……理想、ですか？」

「あぁ」

敦貴は穏やかにうなずいた。それはなんだか、部下を気遣うような調子だった。

「と、言いますと？」

「静謐《せいひつ》で優雅で、手を焼くほどのわがままではないし、従順でよい」

褒めているのかけなしているのかわからない。恋人ではなく例えば秘書や侍女であれば褒め言葉になるのだろう。彼の言葉に心がないからこそ臨場感がない。

絹香は自身の心が曇っていくのを感じた。いけないとわかっていつつ、思いに反して心は正直だった。

「つまり、わたしは人形のようですか？」

「なに？」

それまで柔らかだった敦貴の声が鋭さを帯びる。絹香は顔をうつむけることに徹した。

「なんでもありません」

「君を人形だと思ったことはないが……そう聞こえたか？」

至近距離だから、絹香の呟きも敦貴の耳にしっかり届いていた。たまらなく恥ずかしい。

「申し訳ありません」

言葉が見つからず、それだけ返した。

大事にされている。しかし、それは愛情ではない。宝石や金銭を愛でるような感覚なのではないか。そんな卑屈さを見せてしまったことがひどく情けない。どんどん自分が醜いものになっていることを改めて感じた。

敦貴はなにも言わなかった。彼が「そろそろ帰ろうか」と呟くまで、なんとなくそのままでいた。

物言わぬ人形でいることを務めるかのように。それもなんだか彼への当てつけではないかと、絹香はますます自身を責めていく。そして、脳内は欲望でどんよりと渦巻いていた。

沙栄のようになりたい。軽い羽のような人になりたい。誰にでも選ばれる存在になりたい。愛される人になりたい。だけどそんな願いは、ひとつも叶わない。

敦貴に見えない場所でそっと自嘲した。

今日の夕食は米田の手料理だった。絹香も食事の支度を手伝ったので、いくらか早く済ませることができた。

デザートのメロンがとてもみずみずしく、優しい甘さに驚いた。少しだけ心が軽くなるも、夕食の後はひとりでひっそり展望台にのぼる。

夜風が気持ちよく、静かな波音を耳に取り入れる。濃紺の景色は境界がなく、海と空が一体となっていた。遠くを見やれば、キラキラと宝石のような星がまたたいている。月のない空は、星が綺麗だ。

北へ目を向ければちぎれた綿雲があったが、南はすっきりと晴れ渡っていた。星と星を結べば星座となるらしいがそこまでの知識がなく、ただぼんやりとバルコニーの手すりにもたれて眺める。

すると、背後から誰かが階段を上がってくる音がした。振り返ると、ランプを持った敦貴がいた。

「あぁ、こんなところにいたのか」

「すみません。夜風に当たりたくて」

「ひとりにしてほしかった、とでも言いたげな顔をしているぞ」

そう冷やかしながら彼はランプを掲げた。

「心を読まないでください」

「その言葉もそろそろ聞き飽きたな」

昼間のことがあったのに、彼は意外にも親しげだ。夕食に葡萄酒《ぶどうしゅ》を飲んだからか少し酔っているのかもしれない。

敦貴は断りも入れずに絹香の横に立った。ランプの火を消せば、再び真っ暗な世界へと戻る。しかし、徐々に闇に慣れたらお互いの顔もわかる。

「この場所で、私は初めて孤独を知った」

ふと、敦貴が語る。その言葉があまりに突然だったので、絹香はすぐに反応できなかった。しかし、彼はまるで星に語りかけるかのように淡々と話をする。

「十三歳だった。親に決められた許嫁と初めて会ったのがここだ。沙栄はまだ四歳で、こんな赤ん坊のような子供とそのうち結婚しなくてはいけないのだと命令された。私は子爵家の跡取りであり、結婚する相手を勝手に選ばれることも承知であり、むしろ清々した」

少し言葉を切って、敦貴は気だるげにあくびをした。それが場の緊張感をほぐしていき、絹香はとにかく静かに息をひそめて続きを待つ。

「でも沙栄を見ていると、自分がそれまで育った環境の異様さに気づかされた。当たり前のように両親と手をつないで歩き、母親に抱かれたり、父親に頭を撫でられたり、わがままを言って泣いても怒られない。そればかりか、彼女が泣けば周囲が大わらわで、とにかく拍子抜けしたものだ」

そして、彼は絹香をチラリと見た。目が合った瞬間、敦貴は自嘲気味な笑いを飛ばす。

「知らなくていい世界を知った。生まれてすぐ、両親から引き離されて育ったから、ああして無邪気に近づいてもよい存在なのだと知らなかったんだ。そして、私は愛されていないのだと悟った」

「そんな……」

敦貴の憂わしげな声に、絹香は胸の奥が切なくなった。なんと慰めたらよいか必死に考える。その間にも彼の独白は続く。

「だから知りたいんだ。愛情とはなんだ？　大事にされてかわいがられるのが愛情か？　なに不自由なく生活できているのだから不満はないが、なにかが足りない。それが愛情ではないか……なんて、つまらぬことを考えるようになった」

「それは、つまらないものではありませんよ」

絹香は思わず口を挟んだ。なんだか涙が出そうになった。しかし、ここで泣くべきは自分ではない。声が震えないように努める。

「つまらなくありません。当然の感情です」

「そうかな。私にはよくわからない。どんなに複雑な理論を理解しても、この不条理とも言うべき愛情は読み解けないんだ。そして、私が抱いた疑念が正当なものかどうかも」

「正当です。愛されたいと願うことに意味なんかありません。誰だって愛されたいと願うものです」

そうでなければ報われない。彼の孤独のすべてを知ったつもりではないが、これだけは声を大にして言える。

すると、敦貴は小さく噴き出した。

「いつになく強気だな……今はもうわかっているんだ。両親がどうしてそばにいなかったのか、どうして私をそんなふうに育てたのかも。ただ、沙栄と結婚するためには、この不条理と向き合わなければいけない。私は、両親と同じ轍《てつ》を踏むわけにはいかない」

敦貴の静かで穏やかな声は、まるで絹香を慰めるようだった。

絹香は夜闇にまぎれて目尻の涙をさっと拭った。感情が胸中でぐるぐると渦巻き、自分本意な思いが込み上げてくる。

「……わたしは、愛されたかったんです」

自然と呟いていた。敦貴を見ずに、星に語りかけるように彼の独白を真似してみる。

「両親が亡くなるまで、わたしは愛されていました。とてもとても厚くて大きなお布団のように、ずっとわたしを包んでくれるのだと信じて疑いませんでした。でも、そんな毎日は続かず……そして、わたしは……人形になりました」

御鍵家のために心を殺した。傷を癒やす異能のように心をごまかしてきた。

「最初は愛されようと努力しました。あまりにも落差のある生活が最初のうちはつらいものでしたが、毎日続けば心が麻痺《まひ》していって……」

もう考えたくないと、ある日突然そう決めた。

考えることをやめた後は楽だった。

「そもそもわたしは醜い生き物だから、愛されるわけがないんです」

異能を持つがゆえに自分は醜く、弱く、ただ息をして生きるだけの傀儡《かいらい》である。そんなことを再認識し、絹香は嘆息した。手をぎゅっと握って力をこめれば、涙をこらえることができる。

「君が醜いと言ったそいつは目が節穴なんじゃないか」

敦貴の声にはわずかに苛立ちが含まれていた。それが意外に思え、絹香は苦笑した。

「敦貴様はわたしのことを買いかぶっておられます。わたしは普通ではありません。非常識な存在なんです」

「それ以上は言うな。次、そんなことを言ったら怒るぞ」

絹香はすぐに口をつぐんだ。敦貴をチラリと見ると、彼はまっすぐに星空へ目を向けていた。その横顔は怒っているように思えないが、優しさは十分に感じられた。

敦貴は感情表現が下手なだけだ。そして、自分の持つコンプレックスを沙栄との結婚に持ち込みたくない。そういうことなんだろう。

「敦貴様はもう十分に沙栄さんのことを愛してらっしゃいますよ」

絹香はきっぱりと告げた。こんなにも尽くそうと努力している敦貴の心をようやく見られた気がして悔しい反面、嬉しかった。

「そうだろうか？　私には手応えがないんだが」

敦貴はもどかしげな声を漏らした。そんな彼に、絹香は優しく真剣に答える。

「愛情は目に見えぬものですから、手応えなんかありません。相手のことを案じ、思いやる御心があれば、それは立派な恋慕でしょう」

「では、私は沙栄を愛していけると思うか？」

敦貴が訊く。なんだか子供の問いのようだが、絹香は毅然と答えた。

「えぇ、もちろん。ですから、その御心を忘れずにいてください。昔抱いた愛情への疑念も。愛情も麻痺しますので、お気をつけくださいませ」

「ふむ……難しいものだな」

「えぇ。とても難しいでしょう。でも、きっと沙栄さんのことが愛しくなりますよ。離れがたくなり、やがては心を通わせられます。だって、わたしにこうしてすべてを話してくださいましたし」

「そうか」

敦貴は深くうなずいた。

「そうだったらいいんだがな……」

「大丈夫ですよ。沙栄さんは素晴らしい方です。きっと、敦貴様のそのぶっきらぼうなところも許して笑ってくださいます」

「なるほど。君は私をそう見ているわけだ」

敦貴の不満げな声に、絹香は思わずおどけて笑う。すると、敦貴も噴き出した。夜空の下ではお互い素直になれた気がする。

しばらく、ゆるりとした時間がふたりの間を流れた。波音が聞こえる。

「君は醜くなんかないさ」

やがて彼は絹香の柔らかい髪をそっと梳《す》いてささやく。

「こんなに聡明《そうめい》で慈しみ深い女が醜いわけがない。それに、やはり君は美しいから」

絹香は少し後ずさった。彼の言葉に心が揺れそうになり、礼を述べることもできなかった。

敦貴の言葉はいつも突拍子なく飛び出してくるから心構えができない。喉から手が出るほど欲した言葉をいとも簡単に紡ぐので、つい甘えたくなってしまう。

そんな自分を叱咤《しった》するべく、絹香は自身の頬をつねった。

＊＊＊

同刻。長丘邸は束の間の夏休みが入り、邸の使用人のほとんどが休暇に出ていた。主の留守を任されたのは、侍女の中でも長く勤める初美とゐぬ、数名の秘書などで、恒子は一週間の休みをもらうことになっている。

だが彼女は故郷には帰らず、横濱に滞在していた。絹香の登場により長丘家での仕事に嫌気が差していた恒子は、誰にも相談せず次の勤め先を探している。

電車に乗って市街地へ。石油会社が立ち並ぶその一角をうろうろとさまよう。

ここは異国人が多い。初めて来る場所ゆえに気後れし、歩道のベンチに座ろうと向かうと、大橋で佇む素朴な顔立ちの青年と目が合った。ハンチングに袴《はかま》という格好が垢《あか》抜けない。その顔に見覚えが——古い記憶を手繰り寄せる。

「行人坊っちゃん？」

思わず声をかけると、青年はハンチングの下から怪訝な目を向けてきた。

「どちらさん？」

「ほら、昔、お家で働かせていただいてた恒子です。覚えてます？　あぁ、でも坊っちゃんはまだお小さかったから覚えてないでしょうね」

行人は疑心の目を解き、すぐに笑顔を咲かせた。

「あぁ……あの、恒子ねえさんか。久しぶり。元気にしてた？」

恒子は昔、長丘邸で働く前——うら若き十代の頃に彼の子守役として働いていた。行人が小学校へ上がった頃に役目を終え、長丘邸へ迎えられたのである。実に十年ほどぶりの再会だった。

「まさかこんなところでお会いできるとは思いもしませんでした……懐かしいですねぇ。ご立派になられて」

「まだまだだよ。僕なんて、全然ダメなんだ。今は家が傾いてさ、おまけに浪人して、会社社長の邸宅で書生をしてるんだよ。笑っちゃうだろ」

　行人は自嘲気味に笑い、肩をすくめた。その仕草に、恒子は気の抜けた声で「はぁ」と答える。

「そんなことがおありだったんですか」

「不景気なものさ。厄介になっている邸も、今はだいぶ立て直しているけれど、羽振りはよくないよね。それに、その家のお嬢さんが家出しちゃって。大変なんだ」

「まぁまぁ、それはそれは……坊っちゃんもご苦労なさってるんですねぇ」

『家出したお嬢さん』という言葉に既視感を覚え、なんとなく予感した。もしかすると、彼がなにかを握っているような。

「ところで、そこのお嬢さんというのは？」

「あぁ、御鍵家のお嬢さんだよ。知ってる？　そこそこ大きな貿易会社の。この近くに邸があるんだけどさ。東京の華族様のところで花嫁修業しているんだよ」

　彼の顔が曇る。恒子はその瞬間を見逃さず、行人を覗き込むようにして訊いた。

「そのお嬢さんを探してらっしゃるのです？」

「あぁ、うん。まぁ……」

　言葉を濁す行人の表情に、迷いを読み取った。そして、その御鍵家の令嬢に特別な感情を抱いているらしいことも。子守をしていた経験からすぐにわかった。

　しかし、御鍵絹香を知っていることを行人に知れるのはまずい。恒子はこちらの思惑を悟られないように細心の注意を払った。

「坊っちゃんも隅に置けませんねぇ。そのお嬢さんのことを好いてらっしゃるようで」

「バカ言わないでくれ。身分違いだよ」

「それにしては未練がおありのようです。会いたくて会いたくてしょうがないといったような……哀れですわ」

行人は唇を噛んだ。煽りすぎただろうか。うぶな青年の恋路を茶化したくなるのは相手が絹香だからではなく、ただただ単純に高揚していた。

恒子の中で、絹香に対する評価は今のところはかなり低い。たかが着替えの手伝いさえも誰にだって敦貴の世話役を譲りたくなかった。敦貴からの要求は面倒だが、そんな彼にも信用されているのだという誇りがある。自分の役目を奪ったのが許せない。

夜、ふたりがなにをしているのかわからないが、とても怪しく思っていたところだ。絹香がまさか家出をして長丘邸に転がり込んでいたとは。ますます疑わしくなり、悪知恵が働く。

「坊っちゃん、これもなにかのご縁です。この恒子に話してみてはどうです？　そうすれば少しは心がさっぱりするでしょう」

ひと押しすれば、彼はつらそうな表情を恒子に向けた。恥ずかしそうにするかと思いきや、行人は気まずそうに口の端を曲げる。肩を落としてため息をついた。

「僕、ひどいことを言ったんだ。それで、彼女が怒ってしまって……こんな家出、すぐに終わると思ってたんだ。旦那様も絹香さんをすぐに連れ戻すだろうって」

行人は顔を覆ってため息をついた。その背中を恒子は労るようにさする。

「やっぱり華族には逆らえないものだよ……本当に憎たらしい。金のあるやつって、どうしてあんなに傲慢なんだろう。なんでもかんでも我が物顔でぶんどるんだ」

「まぁ……とても大変な思いをなさってるんですね。健気です」

「ありがとう。でも、僕はやっぱりなんにもできないんだ。彼女が旦那様から蔑まれていてもね。彼女と婚姻でもすれば少しは状況も変わるかなぁと思ってたんだけれど……それも難しそうだな」

なにやら含むように言う。純朴な顔立ちの彼には不似合いな冷笑が、わずかに寒気を感じさせる。

いったい、御鍵家でなにがあったのだろう。もう少し詳しく話を聞きたいところだ。

しかし、これ以上踏み込むと、行人が不審を抱きかねない。

「ねぇ、坊っちゃん。この横濱と東京、交通の便がよくなったことですし、困ったことがあれば恒子にご相談なさってはいかがです？　いつでもお話相手になりますよ」

「本当に？　嬉しいな。恒子ねえさんが味方だと心強いよ」

途端に行人の表情が明るくなる。天真爛漫な少年のようで、やはりこちらの方が彼によく似合う。

恒子も笑顔を返した。その裏では、冷めた思いを抱く。

長丘邸を辞め、どこかに就職をしようかと思っていたところだったが、思わぬ収穫に心が弾む。あわよくば絹香の弱みを握れることにもなりそうだ。

――絹香様のこと、もう少し調べてみようかな。

もしかすると、彼女を陥れることができるかもしれない。

＊＊＊

盂蘭盆《うらぼん》が過ぎるまではこの鎌倉で過ごすこととなったが、たびたび彼が仕事で出かけることがあり、常に一緒というわけにはいかなかった。ひとりで海まで散歩し、のんびりと優雅な生活をしていることに不満はないが退屈ではある。それに、恋人という役割が担えているのか不安を覚えることが多々ある。海を見つめるたび「これでよいのかしら」と悩み、自身の慢心さに呆れていた。

敦貴との壁を感じることはなくなったものの、大本の目的は、敦貴が女性に愛情を傾けられるようにしなくてはならない。だが、事を起こすのは危険だ。一線を越えるわけにはいかず、かといっておとなしく侍女のように付き従うのも違う。

敦貴は単純に他人へ心を開けないだけなのだ。あの星夜で語り合った時のように彼が自分の話をすることは稀《まれ》であり、沙栄にもあのくらい素直に接することができるようにしなければならない。

もう少しで敦貴の心が開きそうなのだが、人目が気になってしまうのも悩みどころだった。長丘家内部に潜む何者かが外界へ絹香と敦貴の関係を漏らす恐れがあるので、邸へ帰ったらさらに警戒して敦貴との時間を過ごさなければならない。

海外出張が決まり一足先に敦貴が邸へ戻ってしまうまで、とくに進展はなく、絹香はさらに落ち込むのだった。

そうして短い夏が散っていった。

「絹香」

それは鎌倉から戻ってきて一週間ばかり経過した頃だった。短期の海外視察から帰った敦貴に呼ばれ、部屋に向かった絹香は積み重なった新品の洋書や本の山に驚いた。

「まず、帰ったらすぐこれを渡そうと思っていた。入用なら他にも取り寄せるから、遠慮なく言いなさい」

幾重にも積み重なった本は絹香の腰元にも及ぶほどである。

「こんなにたくさん……ありがとうございます」

深々と頭を下げると、彼は「うん」と柔らかにうなずいた。その声音がどことなく楽しそうなのはきっと気のせいだと思う。

「それで、今日はどうだった？　君の話をしてくれ」

自ら話をしようと言い出すのもめったにない。大方、今日の仕事が早く片付いたおかげで機嫌がよいのかもしれないと推測する。

「はい。今日のお稽古はお華でした。家元によれば、筋がいいとのことでお褒めの言葉をいただきました」

「そうか。それはなにより」

「敦貴様の方はお仕事はどうでしたか？」

「とくにこれといっては。まぁ、ひと段落したところだ」

敦貴は着物に着替えながら言った。その後ろで、絹香は背広のシワを伸ばしている。

すっかり彼の着替えの世話が板についてしまったことに対し、絹香は解せないでいたが、つい世話を焼いてしまうのは性であると自嘲した。

「今は沙栄の輿入《こしい》れの方が重要でな……打ち合わせをしに本家へ行くことが多くなりそうだ」

「いよいよですね」

「あぁ」

敦貴はため息を漏らした。どうやらまだ心の整理はつかない様子だ。絹香は口を開きかけたが、それは敦貴によって遮られた。

「ちなみに、君はもう手紙を書かないのか？」

「え？」

思わぬ問いに、絹香は間の抜けた声で驚いた。

「書いてくれないのか？」

敦貴がなおも訊く。

正直なところ、もう手紙のやり取りは必要ないのではと考えていた。しかし、その考えこそも怠慢ではないか。給金をいただいている身なのに勝手に思い上がっていたことをすぐさま恥じる。

「申し訳ありません」

「いや、忙しいなら結構だ」

「急いで書きます。少々お待ちくださ――」

慌てて立ち上がろうとすると、敦貴の手が伸びてきた。

「待て。そう慌てるな。なにも怒っているわけじゃないんだ」

「そうなのですか……てっきり、怒ってらっしゃるのではと思ってしまいました」

正直に言うと、敦貴の眉が不審そうに曲がった。そして、ため息交じりに笑う。

「あの休暇の時に十分世話になった。だから、もっと励め。期待している」

敦貴の声は優しく、今までになく柔らかだった。それが奇妙に思えて仕方がない絹香は胸の中がくすぐったくなり、ぎこちなく笑った。

しかし、恋人役として他になにをしたらいいのか、次の段階がやはり思いつかない。こうなったらいっそ彼と相談するほかないだろう。絹香は咳払いし、姿勢を正して敦貴を見つめた。

「具体的にどう励めばよろしいでしょうか」

「手紙の内容はもっと君の内面を書いてほしい。赤裸々に語ってくれ。この前、星の下で語っていたように」

「……承知しました」

少し迷う。彼に語って聞かせるような楽しい話はもうない。あるのは暗くて汚い闇。しかし、書けと命令されれば書くしかない。

敦貴があくびをし始めたところで、絹香は部屋から下がった。彼はなんだかまだ話し足りない様子だったが「手紙を書きます」と告げれば納得してくれた。

明日、朝一番に手紙を渡せるよう、今から書いてみる。文机に座り、しばし便箋を睨む。

絹香は、これまでのことを振り返った。

三歳の頃、一視が生まれた。その頃から異能は発現していたらしく、自覚したのは九歳だった。一視の世話をすると、不思議なことに彼の体調がよくなるのだ。また、転んで擦りむいても撫でればすぐに傷が消えたことで、自分が他の者と違う存在なのだと気がついていった。

それを知りながらも両親は優しく、とても温かく絹香と一視を見守っていた。

しかし、父の仕事がうまくいかなくなってから暗雲が見え始める。

父の自殺。そして、母の死。叔父を始めとする親族たちで遺産や子供たちの相続をどうするかが毎日議論される。外へ出かければ新聞記者に追いかけられる。

ようやく叔父が社長に就任した頃には一視と離れ離れになってしまい、不遇を強いられた。やがて、世間体を気にした叔父が女学校への入学を渋々ながら認めてくれたが、異能を持つということが知れた後は、ますますひどい扱いを受けるようになった。

叔母に口答えをしてしまい、平手打ちを食らったのがきっかけだった。口の端が切れ、血が飛んだ。それを咄嗟に拭ったら傷が治る。絹香にとっては日常でも、叔母にとっては非常識であった。

『化け物』

脳内にこびりつくあの侮蔑が背後から聞こえた気がし、絹香はすぐさま振り返った。

「……はぁ」

動悸《どうき》がする。しばらく穏やかな日常が続いたせいか、あんなに慣れていたはずの言葉も体が受け付けないほど緊張した。

胸を押さえて落ち着かせる。

「どうしよう。書けないわ。こんなの、書けるわけがないもの……」

心の傷はまだ残っていた。この自身にまとわりつく不幸が、とてつもなく巨大な壁に思えて仕方ない。

「当たり障りない話をしないと……沙栄さんのようにならないと……」

結局、絹香は叔父の家であった話の半分も書けなかった。

＊＊＊

（中略）

女学校への進学はあまり歓迎されませんでした。というのも、わたしが叔母へ口答えをしたのがきっかけだったように思います。今となってはなにを言って怒らせたのかが思い出せませんが。

女学校時代はそれなりに楽しめました。恥ずかしながら、家では安心ができずにいました。それもわたしが極度に怯えていたからでしょう。

父の死は衝撃でした。とにかく悲しく、いったいどうして父があんな死に方をしなくてはならなかったのかわかりません。それから、自然と新聞に興味を抱きました。

しかし、父の死の真相はわかりませんでした。叔父の話によれば、やはり経済面での心配ごとがあったそうです。

それにしても不思議なものです。父は前日まで、わたしたち家族の前では穏やかで、とてもそのようなことを考えているとは思えなかったので……。

それでは、今回はここまでにさせていただきます。

やはり、昔話は苦手です。つらいものが込み上げてしまいますゆえ。

御鍵絹香

絹香の手紙を移動中の車で読んだ敦貴は、難しい顔つきをしていた。手紙を封筒におさめ、上着の内ポケットに入れる。

——彼女はまだなにかを隠している。

そう直感する。

しかし、絹香の父親への思いがこんなにも赤裸々に語られるとは予想していなかった。書けと言ったのは自分なのだが、どうせまたつまらない報告をするのだろうと高あの夏の夜をくっていた。おそらく彼女も変わろうとしていることがうかがえる。あの夏の夜に見せた彼女の憂いを取り除きたい。

彼女が秘めるものは確かに不幸そのもので、大層つらい目に遭ってきたことは明らかだった。それでもあのひどい叔父や叔母を配慮しようと心がけているようで、彼女の家族への情はとても清らかなものであると推察できる。

その深い優しさに敦貴は感心しつつも呆れていた。家族に対して憧れもなければ情もない自分とは正反対であり、羨望すら感じる。反面、理解しがたい。ひどい仕打ちを受けてきたら、非情な性格になっていてもおかしくないだろうに。

「私は、こうはなれないな」

絹香は「相手のことを案じ、思いやる心があれば愛せる」と言っていたが、まだまだその心構えが十分にできていないと感じていた。

「敦貴様、到着いたしました」

運転席から米田が言う。どうやら停車したことに気がつかず、しばらく考え事をしてしまったらしい。

今日は本家で父と会う。主に近況報告だけだが、沙栄との婚姻の話も進められるのだろう。気が重い。しかし、行かねばならない。

絹香からもらった手紙を思い返しながら、敦貴は地へ降り立とうと足を踏み出す。

すると、米田が言った。

「敦貴様」

「なんだ」

「絹香様のお父上についてを話題にしてみてはいかがです？」

「は……」

米田の提案に、敦貴は思わず間の抜けた声を出してしまった。

「毎回、義三郎《ぎさぶろう》様との会話が五分も持たないじゃありませんか。仕事の話だけでなく、たまにはこういう妙なところから攻めてみてはどうでしょう」

まるで絹香からの手紙の内容を把握しているような言い方である。敦貴は不審を抱いた。バックミラーに映る米田の目からはなにも読み取れない。

「その助言はありがたく受け取っておこう」

「えぇ」

「だが、米田。手紙の中身まで監視しろとは言ってないぞ。それとも、誰かに聞いたか？」

「経験と勘による推察です。敦貴様もお得意の」

米田はうつむき加減に笑った。それはなんだか、いたずらが成功したかのような子供っぽさだった。最近、彼とはこういう会話が増えた気がする。

米田は信頼できる男だ。敦貴が子供の頃から唯一懐いた使用人だった。絹香が慕う父親や兄弟のような存在と言うにふさわしい。

敦貴は座席に戻り、少し肩の力を抜いた。

「ちなみに、絹香の周辺で妙な動きがある者は見つかったか？」

かねてより調査していたものである。この際だから進展を聞こう。

「はい、沙栄様への密告をしていた者は見つかりました。友永ゐぬがそうです。しかし、これに悪意はなかったようですね。問い詰めたところ、沙栄様からの圧力に耐えられなかったそうです」

なんとなく想像がつく。沙栄のあのしつこさに、寡黙で人見知りなゐぬが耐えられるはずがない。さっさと白状し、仕事にかかりたいとでも思ったに違いない。そこまで考え、敦貴はため息をついた。

「そうか」

「しかし、絹香様の周辺はまだまだ不穏でございます。父上の自害に関する話にはなかなか黒い事情があるようです。お気をつけを」

「そのために我が父上に訊けばいいのだな。わかった。そういうことなら多少は乗り気になれる」

敦貴は颯爽と車から降りた。そして、分厚い門をくぐり抜ける。

長丘本家は敦貴が住む邸よりもさらに大きく、どっしりとした構えの迫力ある邸だ。切妻屋根がいっそうの風格を思わせる。

広い庭園には秋桜《こすもす》の花が咲き乱れており、完璧なまでに手入れが行き届いている。玉砂利の中をしばらく歩けば、ようやく玄関が見えた。子供の頃は見上げるのもためらうほどに威圧的だったが、今は無遠慮にくぐれる。

使用人が総出で迎え入れ、厳かに広間まで案内される。

長い廊下を行き、ふすまを開けると父、義三郎が気難しい顔つきで座っていた。敦貴と同じくすらりとしており、白髪が混じった髪は衰えを知らない。丸メガネをかけているところを見ると、最近は目が悪くなったようだ。

「敦貴か」

「はい。お呼びくださり、誠に光栄でございます、お父様」

「まぁ、そこに座りなさい」

「失礼いたします」

許しを得て、敦貴は静かに父の真正面に座った。

さて、ここからが面倒だ。こちらから話しかけなければ、絶対に口を開かない父である。小学校時代、それでお互いになにも話さず日だけが暮れたことを何度か経験している。

「お久しぶりでございます。お父様の方もお変わりないようで」

父は肘掛けにもたれかかっており、探るように息子をジッと見つめる。その目を見返し、敦貴は咳払いして話を続けた。

「お母様は今日はどちらに？」

すかさず答えたのは、部屋に控える使用人だった。

「奥様は本日、私塾の方へ視察に」

「あぁ、なるほど。お母様も相変わらずのようですね。塾生だけでなく、講師たちも戦々恐々としているでしょうな。そろそろ控えさせた方がよろしいのでは」

母、イツの厳格さはその辺りの私塾を凌駕《りょうが》するという噂である。母の熱心な教育方針のおかげで、敦貴も文武両道を極められたのだが——母は教育家であるが家庭には不向きな人であることは、ここにいる全員が知るところである。

敦貴の提案に、父はただ唸るだけだった。

呼び寄せておいてその態度はなんだと常々思うが、こんなことで憤るほど精神は薄弱ではない。

「沙栄はどうですか。最近よく、ここを訪れると聞きます。お父様、沙栄とは随分と親しくしていただいてるようですね。ありがとうございます」

「うむ……まぁ、扱いには困るが、可もなく不可もなくといったところかな」

「賑やかなことは結構ですがね。私も少々、手を焼いてます」

「御鍵の娘はどうだね」

父にサラリと訊かれ、敦貴は目を見張った。

「あぁ……絹香のことを気にされているとは思いもしませんでした」

「突然、お前が招き入れたというから、そりゃあ気になるものだよ。そんなに矢住との婚姻が不満かね」

核心をついた父の言葉に、敦貴は敗北を感じた。

父に逆らっていると捉えられているのだろうか。いや、むしろ、それだけ息子のことを手厚く思いやっているのだろうか。

沈黙を選ぶと父はニヤリと嫌な笑みを浮かべた。

「構わん。そもそもお前に浮いた話のひとつもなかったことが問題なのだ」

「絹香は、そういった相手ではありません」

「さて、どうかな」

父は機嫌よく小刻みに肩を震わせて笑った。本当に性根が曲がった男だと心の奥深くで毒づく。

昔から父は息子の綻びを目ざとく見つけてはそれをチクチクと回りくどくからかうのが趣味なのだ。心を読まれているような錯覚をする。そして、そんな父親にそっくりな自分に嫌気が差すのも常だ。

なにを言っても反論のかっこうになり、すなわち肯定しているに等しい。ここは黙っておくことにする。

「で、どうだね。絹香とやら、確か御鍵商社の前社長……明寛の娘だったな」

「おや、ご存知でしたか」

敦貴は上目遣いに見た。すると父は顔をうつむけ、足の爪をいじる。

他人に無頓着な父が数年前の事件を覚えていることは珍しいと思った。同時に、父の言動を脳内で反芻《はんすう》し解釈する。

「お父様。以前、御鍵家となにかありましたか？」

敦貴の問いに父はなにも答えない。では、もうひと押しだ。

「明寛氏の自害は当家と関係がありますか？　例えば、金融に関する不当などで揉めた、というような。明寛氏の自害は精神不安定だったからという報道でしたが、そこまで追い詰めるなにかがあったはずですよね」

御鍵商社が頼りにしていた金融会社は、大本をたどれば長丘家が取り仕切る会社の系列である。直接の親交はなかったものの、いわば御鍵商社も長丘家の傘下であるようなものだ。もしかすると、理事を務める義三郎が当時、なんらかの圧力を加えたことによる不幸だったのかもしれない。

すると、父はそんな息子の考えを見抜くようにまぶたを大きく開かせた。ぎょろりと大きな目玉があらわになり、敦貴はゴクリと唾を飲む。

やがて、父がささやくように言った。

「お前、私を疑うのか？」

「えぇ、まぁ。端的に言えば、そうなりますね」

正直に答えると、父はまた顔をうつむけて唸った。しばらく、広間には微弱な緊張が走る。

敦貴にはなんの勝算もなかったが、父が声を荒らげることはないと踏んでいた。百戦錬磨をくぐり抜けて華族へのぼり詰めた父、義三郎である。『すべてを疑え』と敦貴に教えてきたのは他でもない父なのだ。その教えを忠実に守っているだけのこと。

やがて、父は鼻を鳴らして唸った。

「敦貴」

「はい」

「御鍵商社の件、後のことはお前に任せる」

その言葉に、敦貴はわずかに怯んだ。話の筋が見えない。しかし、御鍵家とはつい最近商談をした間柄である。仕事に関してだろうか。それとも、事件の全容をもっと調べてもよいという意味か。どちらにせよ、逆らうことはできない。

「承知いたしました」

敦貴は素直に受け入れた。

「その絹香という娘も一度、こちらへ連れてきなさい」

「はい？」

思わず聞き返してしまう。途端に父が鷹《たか》のような鋭い目で睨んできたので、敦貴はすぐさま言葉を改めた。

「承知いたしました。そのように取り計らいましょう」

「うむ」

それきり、父はなにも言わずに立ち去った。ふすまが閉じられ、敦貴だけが広間に残される。

しばらくそのままの姿勢で座っていたが、もう戻ってくる様子もないので肩の力を抜いた。まったく、実家だというのに居心地が悪い。

それにしても、父の思惑が読めない。

やはり、御鍵家とのトラブルがあったのやもしれない。もしくは、関わりがあるのでは。なんにせよ、任されたからには役目をまっとうしなくてはならない。

それから数分後、茶のひとつも出ないまま敦貴は長丘本家を後にした。

＊＊＊

その夜、いつものように敦貴の部屋へ向かった絹香は、彼の後ろでジッと座っていた。彼は着替えてから、文机に座ったまま黙りこくっている。

こうしていると、なんだか恋人を通り越して夫婦のようだ。母もこうして父の後ろで静かに控えていたものだ。

「絹香」

唐突に、敦貴が言った。

「私は君の父上について調べてみようと考えている」

「はい？」

どういう意味なのか皆目わからない。困っていると、敦貴はチラリと振り返った。

「君の手紙を読んだ。父上の死は謎がある。どうも腑に落ちない。君もそうなんじゃないかね」

その言葉に、絹香は思案げに宙を見る。

確かに、父の死は不思議なところがある。警察の調べや叔父の言葉に違和感があったものの、嘆き悲しんでいる暇がなかった。

どう答えたものか迷っていると、彼は左手で畳をトントンと叩いた。「来い」という合図だろう。絹香はおそるおそる近づき、横に座る。

「君のことを知るには、まず初めの事件から遡る必要がある。どうだ、不満か？」

「いえ……ありがたいお話ですが、なんとお答えしたらよいやら」

「それにしては浮かない顔だな」

絹香は気まずくうつむいた。

「どうして、わたしのことをお知りになりたいのですか」

ただの恋人役でしかないのに。もうすぐお別れをする間柄なのに。心の中にまで踏み込まれては困ってしまう。そんなわずかな恨みも込めて彼を見る。

敦貴は眉をひそめた。そして、言葉を選ぶような素振りをする。

「君が『お互いを知ることから始めた方がいい』と言った」

それは最初に手紙でこちらから提案したことだ。しかし、絹香は納得できない。

「もう十分では」

「不十分だ。私は君のことが知りたい」

「……敦貴様のお心が、わたしにはよくわかりません」

いったい、なにを考えているのだろう。彼の表情は相変わらず無である。いや、彼の心を知ろうとしていないのは自分じゃないか。わずかにそんなひらめきが浮かぶ。もっと彼に寄り添ってもいいのかもしれない。これが役目なのだから。

「では、わたしも敦貴様のことが知りたいです。なにを考えて、わたしにこうして親しくしてくださっているのか、お聞かせ願えますか？」

するると、敦貴は目をしばたたかせた。一瞬だけ、彼の感情が浮かんだ。その瞬間を見逃さないよう、少し距離を詰める。

「敦貴様？」

彼が黙ったのを逆手にとり、絹香は悪知恵を働かせた。

「敦貴様、恋人には正直な気持ちを打ち明けるものです。わたしはもう言いました。熱烈な感情を語るまではなくとも、たったひと言だけでもよいのです。わたしを沙栄さんだと思って、今の敦貴様のお気持ちを教えてください」

彼が踏み込んでくるならこちらもとことん踏み込もう。絹香の意思は固かった。

だが、絹香の勢いに比例するかのように彼はふいっと顔をそむけた。

「敦貴様」

少し焦れる。すると、彼は静かにも苛立たしげに返した。

「別荘で、君は言ったたな。『わたしは人形ですか』と」

「え？　はい……」

「『人形』とは言い得て妙だと思った。もしかすると、私も同じなのかもしれない」

言葉の意味を考える。だが、自分はともかく彼がそうだとは考えにくい。

「敦貴様が人形だなんて、そんなこと……」

「いや、そうだ。私の表情が読み取れないのは、そういうことだ。つまり私は、感情が乏しい。求められたことにしか対応できない。つまらない人間なんだ」

それは、いつか手紙に綴られていたことでもあった。

地位も富もあり、なに不自由なく育ったものの愛情を知らずに大人になってしまったと自嘲気味に笑う彼の姿を思い出す。きゅっと胸が切なくなり、絹香は顔を歪めた。

「そんなことおっしゃらないでください」

慰めにもならない気休めの言葉が出てくる。それは彼を気遣ってか、自分を守るためか、今の絹香には判然としなかった。

敦貴は拗《す》ねた子供のように頑固に背を向けた。

「君が言えと言ったんだ」

「そうですけれど……」

「はっきりしないな。そういうところは直した方がいいぞ」

そう指摘されてしまえばぐうの音も出ない。絹香は消沈し、唇を噛んだ。

「いいんだ。こんなことで怒ったりはしない。君はよく尽くしてくれている。私の妙なわがままに付き合ってくれているだけだからな」

敦貴はぶっきらぼうに言った。そこに含まれる彼の感情はやはり見えない。でも、なにもないわけではないのだろう。もしかすると、彼自身が心に潜めた感情の正体に気づいていないのかもしれない。

「敦貴様、もしかして本当に拗ねてらっしゃいます？」

無礼を承知で訊いてみれば、すぐさま彼は振り向いた。

「絹香、言葉がすぎるぞ。慎め」

「すみません。つい……」

だが、恋人役としては十分な働きだったはずだ。こうやって彼の奥底に眠る感情を紐《ひも》解けば、沙栄にも心を開けるのではないだろうか。

あともうひと押しだと手応えを感じていると、敦貴はもうお開きだとばかりに立ち上がった。着物の中に腕を入れ、絹香を冷たく見下ろす。

「それで話が逸れたが、君の父上について調べるから、そのつもりで。あとは一ヶ月後の週末、君を本家に招待することになった」

「え？」

「異論は認めない」

「あ、敦貴様？」

「以上だ。下がってよろしい」

ピシャリと言い放たれてしまえば、もうどうすることもできない。絹香は渋々下がることにした。一礼して敦貴の部屋の障子戸を閉める。

そして、今しがた宣告されたことを頭の中で復唱する。

「本家……って、長丘家の本家？　どうして……？」

絹香はこれから身に起こることが悪いものである予感がした。絶対によい話ではない。これはもしや、彼の心に踏み込んだ罰だろうか。

しばらく廊下で佇み、よろよろと部屋へ戻る。その途中、大きな満月の光が差し込んできた。とっぷり更けた十五夜は眩しいばかりで、思わず顔をそむけた。

＊＊＊

瀬島行人は御鍵邸の居間のソファに腰かけ、主の前で小さく縮こまっていた。

向かいに座る寛治は洋酒をたしなみながら、ただただ威圧的に瀬島を見つめている。

彼は何度かため息を漏らし、そのたびに瀬島はビクビクと肩を震わせる。こういうことは今までに一度もない。

「瀬島」

ようやく寛治の口が動く。

「はい、旦那様」

「最近どうだね。大学の方は」

「えっ……えーっと、まぁ、それなりに」

言ってすぐ曖昧な返答をしたと後悔し、姿勢を正す。

「学業の方は問題ありません。成績も伸びましたし、これもひとえに旦那様のご支援のおかげでございます」

機嫌をとるための言葉を並べてみるも、寛治は大して興味を持たなかった。

またも沈黙が続く。こういう空気に耐えられない。瀬島は得体の知れない恐怖に駆られ、極度に緊張してしまう。

「……あの、旦那様」

訊いてもいいだろうか。むしろ、訊いた方がよいのだろうか。

瀬島はこの場から逃げ出したい一心で言った。

「今日はいったい、どういう……？」

すると、寛治はゆっくりと視線を上げて瀬島を睨んだ。

「お前、絹香を好いていただろう？」

その問いに、瀬島は息を飲む。喉元が絞まるかと思った。そんなこちらの反応を見て、寛治は嘲るように笑った。

「やはりそうか……」

「なにを急にそんなことをおっしゃるんですか？　僕が、絹香さんを……なんて」

「とある筋から仕入れた話だ。まぁ、気にするな。そこでだ、折り入って頼みがある」

寛治は洋酒のグラスをテーブルに置いた。

なにを頼むというのだろう。まったく想像ができない。瀬島はゴクリとつばを飲んで続きを待つ。だが、うまく飲み込めなかった。

「僕になにをさせるつもりですか？」

「今度、絹香を呼び戻すのだ。あれの弟が十二月に九州から上京してくるというから、どうしても戻らねばならないわけだ」

「そう、なのですか……あの長丘様がお許しになられますかね」

弟の上京で、家出娘が戻ってくる。まったく、奇妙な話だ。

彼女が出ていってからもう随分になる。これまで頑なに戻ろうとしなかったのに、弟の上京を理由に戻ってくる。その事実を何度か反芻するうち、心に闇が広がった。

「そこでだ、瀬島」

寛治の言葉が続き、瀬島はハッと我に返る。

「絹香の一時帰宅中、なんとしてでもあいつを引き戻せ」

「は……」

「できるだろう？　あんなのを好いているような物好きなのだし」

瀬島は悩んだ。絹香を引き戻した場合、彼女はこの叔父に蔑まれて、ボロボロな布切れみたいに痛めつけられるのだろう。しかし彼女は治癒の異能を持つ。傷くらい平気なはず——自分の手元に置けるのならかえって好都合だ。

「わかりました。では、ひとつ、僕の願いを聞いてもらえませんか」

「いいだろう。金か？　それとも絹香との婚姻か？　確約はできないが、考えてやらんでもないぞ」

その言葉もどうだか。約束したところで守る気のない軽々しさがある。

瀬島はカラカラに乾いた口で果敢に挑んだ。

「絹香さんとの婚姻は魅力的です。ゆくゆくは僕を会社に取り立ててもらいたいと思っています」

「そうか。うむ、いいだろう」

寛治はあっさり了承した。会社の後を継ぐという意味合いも込めたつもりだが、きちんと伝わったのか心配なところだ。

しょせん、守る気のない約束なのだろう。それでもいい。未来よりも現在《いま》が大事だ。

瀬島は深々と一礼した。

「ありがとうございます。なんとしてでも、絹香さんを取り戻します」

こちらも確約のできない約束だ。

瀬島は拳を握り、こめかみから伝う汗を袴の上に滴らせた。

ここ最近は、あの恒子と会う機会が増えた。子供の頃に世話になった姉のような存在である恒子には、絹香についてあれこれ話していた。

「まぁ、なるほどなるほど……それはまた坊っちゃんにとって一大事ですわね」

「そうなんだ。でも、絶対にやってみせるよ」

「うまくいくといいですわねぇ」

橋にもたれてふたりで話し込む。灰色に濁った空が川面に映っていて陰鬱だ。

傍から見れば、どう見えるのだろう。姉と弟のように見えるのか、それとも年の離れた恋人のように見えるのだろうか。そんなことを考え、思わず笑いが込み上げる。

「あら、どうかしました？」

「いや、なんでもない。恒子ねえさんは優しいな。絹香さんはいつも鬱々としていて、それが儚げで美しいわけなんだけれど……」

「女は愛されれば愛されるほど美しくなるのですよ」

「でも、どれだけ愛を注いでも彼女は返してくれないんだ。これじゃあ、僕ばかり焦がれてしまって、なんだか歯がゆいよ」

あの頃はそれでも楽しかった。でも、彼女が家を出ていってからは変わった。今度はこちらが愛に飢えていて、勉強もままならない。寛治たちの機嫌をうかがうように、十分気を使っていかなくてはならない。精神的に負荷がかかって非常につらい。

　そんなこちらの心情を汲《く》み取るように、恒子は顔をしかめた。

「坊っちゃんのためになれるよう、恒子もがんばりますよ。なにかお手伝いさせてください」

「そうは言うけれど、恒子ねえさんは絹香さんの半分も知らないだろう？　会ったこともないし」

「いいえ、実は絹香さんらしき女性《ひと》を知っています。探してみたんです。おそらく間違いないかと」

　恒子は至ってサラリと白状した。思いも寄らない言葉に、瀬島はキョトンと目を丸くする。

「そうなんだ……そんなことまでしてくれているなんて」

　絹香を知っている、ならばもっと彼女の話をしてもいいだろうか。例えば、彼女の持つ秘密の数々を。

　胸の内に秘めているだけではもう限界なほど、瀬島の心は消耗していた。

「絹香さんは、とてもかわいらしい目をしているんだ。目鼻立ちが整っていて、綺麗な二重まぶたで、睫毛はしっとりと柔らかく長くて、華奢で、黒髪が綺麗で」

思わず話をすれば止まらなかった。

「それで、彼女はとても不遇なんだ。両親が亡くなって……父親は自殺して、弟とも引き離されて、挙げ句、彼女は化け物と呼ばれていて」

どんな傷もたちどころに治してしまう。そんな彼女は、とても神秘的で不気味だ。その不気味さが魅力でもある。

いつまでも子供らしくて無邪気で、健気で愛しい、かわいそうで幸薄な女性。それでもなお勤勉に日々を生きていく強《したた》かさもある。それが絹香を構成するすべてだ。

恒子はすべてにうなずいてくれた。まったく懐の深い女である。

「坊っちゃんは、絹香さんのことを深く愛してらっしゃるのですね」

「あぁ、そうさ。僕は彼女を愛してる。この想いは誰にも負けないよ」

絹香を愛している。深く深く真っ暗な海溝のごとく、彼女を心から愛している。

自分の気持ちを再確認し、瀬島は大いに満足した。

＊＊＊

「本家に招く」という宣言どおり、きっかりひと月後の日曜日、絹香は強引に本家へと連れていかれた。

しかし、これまで当主である義三郎に挨拶もなしで長丘別邸に仮住まいさせていただいている身である。むしろ、挨拶が遅れた。この生活もすでに五ヶ月になろうとしているのに。

こうなってしまった以上、気を引き締めて、十分に粗相のないよう挨拶をしなくてはならない。これまでの非礼を詫《わ》びなくては。

門をくぐる頃には、さすがに腹もくくれた。

「まぁ、言わずともわかるだろうが、緊張して臨めばよい」

敦貴の助言は役に立たないものである。絹香はぎこちなく笑みを返した。

長丘本家の中はひんやりと寒い。十一月に入って秋も終盤に差しかかり、庭園の紅葉が美しかったが愛でる余裕などない。

絹香は黒い羽織に、薄橙と紅葉柄の着物でこの日を迎えた。

いつになく表情が厳しい敦貴も今日は着物姿で、紺色の袴が凛々しい。

すぐさま広間に通された。何畳あるのだろう。そんなことを考えていられないほどに足が震えて仕方ない。だが、すぐにその緊張感が途切れる。

「あ！　絹香ちゃん！」

この場にそぐわない突き抜けた明るさを持つ沙栄の声が響いた。広間の中に沙栄と使用人がいる。

「わー！　お久しぶり！　んもう、連絡してくださいって言ったのに。敦貴さん、ご機嫌麗しゅう。沙栄が参りましたよ」

うふふふ、と彼女は含むように笑う。

敦貴を見ると、彼は目を細めて頬を引きつらせていた。

「父は？」

わずかに不機嫌そうな声で問う。絹香はおろおろとふたりを交互に見た。

「もうすぐいらっしゃると思いますわ。今日はお義母様も揃っていらっしゃるのですよね。楽しみです」

沙栄は満面の笑みを向けた。絹香は信じられないとばかりに目を見開いた。敦貴の目はますますどんよりと曇っていくようで、なんだか苦労を垣間見た気がする。そんなこちらの心情を、沙栄はまったく読み取らない。

「あ、いらっしゃったわ」

はしゃぐ沙栄が絹香の腕を取った。しがみつくように寄り添われ、とにかくそのままにしておく。

そうこうしているうちに、敦貴の父と母が揃って広間に現れた。

三人とも、同時に一礼する。

「よう来たな」

敦貴の父、義三郎がそっけなく声をかけ、上座へ向かう。その後ろを、厳格そうで筋張った初老の女性が歩く。敦貴の母、イツだ。彼女はニコリともせず、着席するなり黙想した。

絹香は緊張で頭が上げられなかった。

「ごきげんよう、お義父様、お義母様。このたびはお招きいただき、光栄ですわ」

すかさず沙栄が挨拶する。勝手知ったる家だとばかりに振る舞うも、この場の緊張を和らげる清涼剤のようにも思えてくる。一方、敦貴は堅苦しかった。

「ご挨拶が遅れましたが、御鍵絹香嬢を連れて参りました」

これに、両親はどちらもなにも返さなかった。

「お母様、ご機嫌の方はいかがでしょうか」

「至って良好です。敦貴さんもお変わりないようでなによりですね」

「ありがとうございます」

「あぁもう、そんなふうにかしこまらないでいいじゃありませんか。ね、お義母様」

沙栄が口を挟む。この場にいる全員、誰も彼女に注意をしないのが、絹香は奇妙に思えた。この両親は敦貴よりも心が読めないものの、沙栄への態度はゆるやかそうである。

「それで、絹香さんといったかしら」

思案している間に、イツから声をかけられた。絹香はいっそう恐縮し、頭を下げ続けた。

「はい。御鍵絹香と申します。このたびはお招きいただき、恐悦至極に存じ奉ります。また、これまで幾度のご無礼をお許しくださいませ」

思わず早口になってしまい、ひやりと肝が冷える。この時間が永遠に続くような気がし、途方に暮れた。そして同時に悟る。歓迎されていないということに。

「ご、ご挨拶が遅れ、誠に申し訳ありませんでした」

「まぁ、そんなふうに謝らなくってもいいのよ、絹香ちゃん」

沙栄のうろたえた声が聞こえる。

「お義母様も、こう見えて怒っているわけじゃないのだから。ですよね、お義母様」

「えぇ。絹香さん、頭を上げなさい」

沙栄への返答はとてつもなく早い。

それもそのはず。絹香は敦貴が勝手に招き入れた、いわば長丘家では部外者に当たる。沙栄は敦貴の許嫁。差は歴然としている。

「絹香」

敦貴に隣で短くささやかれ、おそるおそる顔を上げる。

目の前に座る敦貴の両親は、絹香をジッと品定めしていた。とても耐えられるものではない。

義三郎と目が合う。敦貴が老いたらこんなふうになるのだろうと思うほど、その顔は瓜《うり》ふたつだった。だが、敦貴よりも迫力がある。敦貴の目鼻立ちはイツにも似ているような気もした。

そんなふたりを前にしても沙栄は平気な顔で落ち着き払っているから、ますますこちらの分が悪いように思える。

すると、義三郎がボソボソと言った。

「まぁ、愛人にするにはふさわしいツラだな。大いに結構」

絹香は息を飲んだ。恐ろしさで全身が固くなり、着物の中で冷や汗が垂れた。呼吸するのも許されないような空気を感じ、なんとなく叔父の家での記憶が脳裏をかすめる。

「あなた、沙栄さんの前でそのようなことを」

すぐさまイツがたしなめるが、義三郎はうるさそうに手で追い払った。

「冗談じゃないか。なぁ、沙栄」

「えぇ。心得ております」

沙栄は戸惑いつつも上品に笑い飛ばした。

だが、敦貴も絹香も笑えなかった。同時に、絹香もこの両親をようやく俯瞰《ふかん》で見ることができた。

――敦貴様が心を閉じられるはずだわ。

叔父や叔母よりも品があるのだが、情はいっさい感じられない。しかし、このふたりと常に顔を突き合わせて生活していなかっただけまだよかったのだろうか。

この長丘家の親子関係がまったくわからない。自分が知る家族像とは遠くかけ離れており、絹香はそれきりなにも言葉を発さずにいた。

それからのことはよく覚えていない。いないものとして息をひそめるしかなく、沙栄との会話もままならなかった。

「絹香ちゃん、ずっと緊張してしまって、かわいそうに。無理もないわ。お義父様があんなことをおっしゃるから」

帰る間際、沙栄がいたわるように言った。

「あぁ、顔色が悪いわよ。敦貴さん、絹香ちゃんのことお願いしますね」

玄関までついてくる沙栄が敦貴に頼む。

「無論だ」

敦貴は憤っていた。父の失言が許せなかったのか、珍しく感情的である。

沙栄と使用人たちからの見送りにも気を回せないまま、絹香は車に乗り込んだ。ようやく呼吸ができ、張り詰めたものを解き放つ。

「米田、出せ」

敦貴の不機嫌が車中に充満し、しばらく気まずい時間が流れる。ようやく長丘本家が見えなくなった頃合いで、敦貴の口が開いた。

「絹香、すまなかった」

「いえ……すべて覚悟の上でした」

「ああなることは確かに想定内だったが、あんなにも直接的に……」

確かに、本家へ行くまでに再三言われていたものが、いざ目の前にすれば体は動かないものだ。蛇に睨まれたカエルの気持ちがよくわかる。

そして、自分の立場を今一度、確認できたことで心が潔くなる。絹香は顔を上げて敦貴を見た。

「わたしは大丈夫です。なんだか、いろいろと吹っ切れました」

「なにをどうしたらそんな答えにたどり着くんだ」

心底意味がわからないといった様子で敦貴が呆れる。そんな彼に対し、絹香は完璧な笑顔を向けてみせる。それは、叔父から強要された世間向けの笑顔のような、心を隠したものだった。

「どうぞ、お気になさらず」

それまで曖昧だった境界に、明確な直線が引かれた。

長丘別邸へ戻ると、玄関前に恒子が待っていた。車が見えた瞬間から、彼女は深くお辞儀して待っている。

先に敦貴が降り、その次に絹香が降りる。

「お帰りなさいませ」

恒子が言葉をかける。そして、彼女は主人ではなく、真っ先に絹香の方へ顔を向けた。

「絹香様、お手紙が届いております」

恒子が差し出す封書を、絹香はすぐに受け取った。

「ありがとうございます」

お礼を言うも、恒子はとくに反応を見せなかった。一方で、敦貴は不審そうに絹香への手紙を見やる。

長丘邸に世話になると報告してから、一度も手紙をよこさなかった弟である。ようやく返事が届いたことに喜ぶべきだが、今の絹香にはあまり余裕がない。

「誰からだ？」

「弟の一視です」

その答えに、敦貴は「そうか」となにやら安堵した。

邸に入り、絹香は着替えがてらさっそく手紙を開封した。

その内容に、すぐさま目を見張る。そして、すべてを読み終えて部屋を飛び出した。

「敦貴様！」

思わず居間に飛び込むと、敦貴が驚いたようにこちらを見た。

「どうした」

「あ、あの……こんな時になんですが、一視が叔父の家に滞在するようでして……」

絹香は手紙を持ったまましどろもどろに告げた。

第五章　積雪に嘘を隠して

木枯らしがうなじを冷やす頃。絹香は冬の始めに敦貴から贈られた桜鼠《さくらねずみ》の着物に袖を通した。その上から、椿があしらわれた長羽織をまとう。家を出た時に着ていた着物もとっくに修繕できていたが、叔父や叔母、瀬島のことを思い出すのでタンスの奥に仕舞っていた。

早朝だったこともあり、敦貴からの見送りはなく、米田の運転で半年ぶりに横濱の家へ戻る。

長丘邸から遠ざかるにつれ、緊張で心臓が窮屈になってきた。見慣れた景色に変わっていくも、なんだか色を失っていくように見える。

「絹香様、到着いたしました」

丘を上がって林を抜け、あぜ道の入り口で停車する。米田は終始、静かだった。

「ありがとうございます」

絹香は覚悟を決めて地上へ降りる。その際、米田が背広の内ポケットからなにかを差し出しながら柔らかく言った。

「敦貴様からのお手紙です」

いつもの白い和紙の封筒が目の前に向けられる。それを見るだけで、急激に心が高揚した。

「あ、ありがとうございます！」

絹香はすぐさま受け取った。

「行ってらっしゃいませ」

それはなんだか、帰る場所があるような安心感を思わせる言葉だった。

「行ってまいります」

ひと息ずれて言葉を返した。


一視の到着は明日だ。その前に絹香がやるべきは、この家で起きていたすべての冷遇がなかったように振る舞うこと。そもそも、絹香は弟への手紙には敦貴へ送るような当たり障りのないことを並べた近況報告をしていた。ゆえに、一視はこの家で起きていた絹香への不遇をなにひとつ知らないことになっている。

それについては、叔父も叔母も同意見だった。この事実は隠すべき問題。一視に知られれば、今利鉄鋼との取引にも影響が出る上、外部の会社にも恥をさらすことになる。体裁第一の叔父にとって、一視の上京は忌々しいことに違いなかった。

「ただいま戻りました」

言葉をかけても、誰も出迎えることはない。おそらく居間にいるはずだ。

絹香は息を整えて御鍵家の中へ入った。着物の内側には敦貴からの手紙を差し込んでいる。これがなんだかお守りのような効果をもたらした。

居間にいたのは叔父と叔母、そして瀬島だった。こうして三人が並ぶことは滅多にないので、なんだか奇妙な取り合わせに思える。

先に口を開いたのは、叔父だった。

「帰ったか」

なにも答えずにいるのが、絹香のせめてもの抵抗だった。その態度が気に食わないのか、叔父は大きく鼻を鳴らした。

「まぁいい。お前があの長丘家に取り入って会社が儲《もう》かったのは癪《しゃく》だが、お前のような化け物でも金になるということがよくわかったわい」

そして「ガハハ」と高笑いする。叔母は不満そうな顔をこちらにジッと向けているだけで、とくに言葉は発しない。なにか言いたそうに口をモゴモゴさせているが、夫の前でヒステリーを起こすわけにはいかないという心構えはまだあるらしい。

一方、瀬島は朗らかに笑っていた。絹香にとってはこちらの方が不気味で仕方がなかった。

「お帰りなさい、絹香さん。待ってました」

彼は叔父たちの前で堂々と言った。その言い方は恋人を待ちわびていたような響きがあった。

なぜだか家族の一員のように居座っている。彼も叔父や叔母のことを毛嫌いしていたはずだ。絹香は不審を抱きながら口を開いた。

「叔父様、部屋に戻ってもよろしいでしょうか。一視が来た時にわたしの生活感がないと不自然になりますし、部屋の掃除がしたいのです」

「あぁ、そうだな。お前の顔など見たくないし、閉じこもっておくがいいさ」

「失礼いたします」

絹香は居間から逃げ出した。階段を駆け上がって自分の部屋に戻る。その後ろからふわりと瀬島の手が伸びてきた。

「絹香さん」

ドアノブに手をかけた絹香の手をつかむ彼の手が冷たくて身震いする。ドアを一緒に開けるような形になり、強引に部屋へ押し入ってくる。

「瀬島さん？　あなた、どういうつもり？」

「やだな。なんだよ、その言い方」

密室でふたりきり。暗い室内で相対する彼の顔色の悪さがあまりにもひどいことに気がついた。やつれているにもかかわらず笑顔を崩さないので、その不均衡さが不気味だと感じる。

「僕も部屋の掃除を手伝おうと思ったんだ。いけない？」

彼の手が絹香の髪を撫でる。あんなことがあったのに、彼はまだ絹香のことを諦めていないようだ。ここははっきりと告げねばなるまい。絹香は目に力を込めてまっすぐに彼を睨んだ。

「だってわたし、あなたのことは――」

「嫌いになった？」

瀬島の目が据わる。その表情の冷たさに、絹香は声を詰まらせた。言葉を選び、あえぐようにひと言放つ。

「愛してないわ」

思わず声が震えてしまい、瀬島は鼻で笑った。

「そうか。やっぱりあなたは長丘が好きなんだ」

「長丘様とはそういう間ではありません。彼は、わたしがこの家で不遇な扱いを受けていたから保護してくださっただけよ」

すぐさま言い返すと、瀬島は絹香に一歩近づいた。絹香も一歩後ずさる。

「その割には随分と親しげじゃないか。君、あの男と恋愛ごっこでもやってるんだろう？」

ベッドまで追い詰められたと同時に、瀬島が言い放った。否定も肯定もできず、ただただ沈黙を選んでしまうと、瀬島は勝ち誇って笑う。

「そうなんだ。やっぱりそうなんだ」

「違うわ」

「いいや、君は前からそうやって子供っぽく〝ごっこ遊び〟をしたがるからね、わかるんだよ」

瀬島の圧に耐えきれず、絹香はベッドに座った。すると、彼もまた絹香を押し倒そうと近づいてくる。

至近距離で逃げ場がない。彼は両手をついて絹香の上に覆いかぶさってくる。

優しかった頃の彼はもういないのだと悟った。今の瀬島はすべてをいなすような貪欲さに満ちている。

いったい、どうしてこんなことになったんだろう。彼を変えてしまったのは誰だろう。叔父か、叔母か、それとも自分か――。

絹香は瀬島との出会いを思い返した。それはまるで走馬灯のように一気に脳内に蘇《よみがえ》る。彼はいつでも優しく、絹香を励ますような言葉をかけていた。しかし、そのどれもが上っ面だったはずだ。

「あなたは、どうしてわたしを愛しているの？」

思わず問う。すると瀬島は絹香を見下ろし、隣に腰掛けて冷めた表情を浮かべた。

「化け物だって言ってたじゃない。そんなわたしをどうして？」

「そりゃ、常人とは違うもの。君は異端で、お金持ちの令嬢様。それなのにかわいそうで儚げで、愛に飢えているから、僕が守ってやらなきゃ。君はなにもできないんだ。そうだろう？」

絹香は目を見張った。そして、彼の手を振り払う。

「わたしは、あなたに守られたことはないわ。あなたは守ってくれなかった。いつも口先だけで、甘くて優しい言葉しかかけてくれなかった。そんなの、本当の愛じゃない」

どんなにひどい目に遭おうと、もう知ったことじゃない。胸にあふれた激情を一度にぶつけたら、瀬島の目つきが変わった。

打たれる。瞬時に思い、絹香は目をつむった。

しかし、衝撃はいっさいなかった。彼はどんよりと曇った目で絹香をジッと見ていた。それは責めるように憎悪をにじませた目だった。空虚とも言える瞳を目の当たりにし、絹香は硬直していた体を解いた。

おそるおそる起き上がると、彼はベッドに腰掛けたまま呆然とした。

「……ひどいよ」

やがて、彼はぽつんと言った。言葉の白々しさに寒気がするも、彼の異様なまでの顔色の悪さから考えを改める。

――どうして、あなたが傷ついているの……？

「瀬島さん……」

声をかけると、彼は涙を浮かべていた。大粒の雫《しずく》が目からこぼれ落ちていく。

「僕は、君を愛してるんだ。それなのに……君は、僕のことをわかってくれない。なんでだよ。どうして、わかってくれないんだよ」

情けなく涙を流す男を前にすると、なんだか気持ちが冷静になっていく。『愛してる』と言葉だけをかけられても心がひとつも動かない。この薄情さに辟易《へきえき》したが、なにより彼をここまで変えたのが自分であるのだと確信してしまった。

瀬島はさめざめと泣くばかりだ。彼もまたどうすることもできないのだろう。その愛情が歪んでいようとも、一途に絹香を想っていたことには変わりない。

彼の想いを受け止めることはできないが、その心に巣食う闇を少しでも打ち払えたら……どうやったらそれができるだろう。

絹香は咄嗟に、瀬島の心臓に手を当てた。

「……あなたはわたしなんかじゃない、別の素敵な人と幸せになるべきよ。優しいあなたに戻って」

手のひらに力を込めると、熱が一気に駆け巡った。

ゐぬへ施した癒やしの力が、もしかすると彼の心にも届くかもしれない。そんな願いを込めて精一杯の癒やしを伝える。凍りついて固まった心を溶かすようなイメージをして。

すると、震えていた瀬島の肩が徐々に落ち着きを取り戻した。

「絹香さん……」

彼はゆっくりとまどろみに落ちていった。そして、絹香の胸の中へ倒れ込む。静かに寝入っていく彼の頬は少しだけ血色を取り戻していた。

「瀬島さん、ごめんなさい」

小さく耳元で呼びかけるも、彼はしばらく目を覚まさなかった。

＊＊＊

その夜、敦貴は自室で静かに考え事をしていた。

今朝渡した手紙を、彼女は読んでくれただろうか。あの家でまた嫌な思いをしていないだろうか。彼女はもう帰ってこないかもしれない。だが、もしまたひどい仕打ちを受けていたら助けなければ。

そこまで考えて、敦貴はため息を嘲笑に切り替えた。

「……まったく、柄でもない」

いつもの時間に絹香が部屋にいないだけで、どうにも上の空だ。そんな自分が腑抜けのようにも思えて苛立つ。無意識に彼女の身を案じてしまうなど、それこそ本当に恋慕しているようではないか。

「敦貴様」

障子戸の向こうから女の声が聞こえてくる。

「入れ」

声をかけると、侍女が入ってきた。寡黙で気難しい顔つきの使用人――ゐぬである。

「見つかったか？」

ただそれだけを問うと、彼女は静かにうなずいた。

米田は今、絹香の様子を見守ってくれている。なにか動きがあればすぐに連絡するよう言いつけていた。

そのため、この家を探る人物が他に必要だった。侍女長の初美も候補にはあったが、寡黙なゐぬが適任だと決めたのが八月のことである。絹香を鎌倉に残して先に帰宅した際、秘密裏に指示を出していた。

ゐぬは予想どおりよい働きをしてくれた。この邸で不穏な動きをする不届き者を捕まえたのは彼女の手柄でもある。

「それで、裏は取れたか？」

「はい。休日になると横濱へ顔を出していた模様です。学生と見られる青年と何度か会っていました。その瞬間を捉えました」

「なにを話していた？」

「絹香様のことです」

ゐぬはためらいがちに答えた。

「その青年は、絹香様を好いているようでして……そこで聞いたのは、絹香様が御鍵家で受けていた仕打ちの数々でございました。また、絹香様がそのような仕打ちを受けるに至った理由も」

敦貴は「ふむ」と唸った。

青年というのは瀬島行人だろう。そして、絹香のことを深く知る人物でもある。六月の商談パーティーの時に見たが、彼は敦貴に敵対心むき出しで睨んでいた。

「その、絹香様はどうやら〝異端〟であるそうです」

ゐぬは伏し目のまま、声を絞り出した。

『異端』――それが絹香の秘密。

異端と呼ばれる存在はいるのだと聞く。だが、文武両道を極めた敦貴にとってそれは驚異とも感じず、単純に研究材料としてはうってつけだと思っていた。そんな存在が身近にいるという事実に、だんだんと動揺していく。

――絹香が、異端だと……。

「あの、敦貴様」

ゐぬの強張った声が敦貴の思考をかいくぐる。

「実は、私も絹香様が異端であることはなんとなく気づいておりました」

「なんだと」

敦貴は振り向いた。自分でも驚くほど声が上ずった。そんな主の驚愕に、ゐぬも面食らったようで緊張気味に姿勢を伸ばす。

「しかし、そう決めつけるのは失礼ですので、発言を控えておりました。お許しくださいませ」

彼女は自身に起きた不思議な体験を話して聞かせた。

腰を痛めた際、絹香に助けてもらったことを申告しなかったのは、彼女のおかげで完治したからだった。

「私は絹香様に救われました。どんな傷もたちどころに癒やしてしまう、あのお力は、確かに奇妙なものです。正直に申しますと、人によっては不気味に捉えられてもおかしくありません。しかし、私はあの方のお力は仙女様のような、清らかで美しいものだと思います。そんな方が冷遇されているのは我慢なりません」

ゐぬは力強く言い放った。そして、熱を込めて続ける。

「恒子は厄介です。絹香様のことがお嫌いなのでしょう。恒子はおそらく敦貴様の世話係という立場を誇っていました。しかし、その立場を奪われたことが我慢ならないのです。私は敦貴様と絹香様のご関係については深く知りたくありません。しかし、恒子はそうではありません」

「もういい。わかった。後のことは私がなんとかする」

敦貴はイライラと話を切った。ゐぬはすがるように主を見たが、すぐに表情を冷静に戻し、一礼した。

「出すぎた真似をいたしました」

「いや、いい。下がってよろしい」

「かしこまりました」

ゐぬはすぐに引き下がった。障子戸が閉じられ、彼女が去る音を聞く。無音となった空間で、敦貴はただ頭の中で状況を整理した。

絹香はやはり特異ななにかを持っていた。それは常人とは言いがたい不気味で奇妙な力だった。非科学的でありえない。

しかし、彼女が足首をひねった後、すぐに治癒していたことや、夏に見せた挙動不審な言動――『正直に言いなさい』と脅したら怯えて黙り込んでしまったこと、すべてが当てはまる。

絹香は凡人ではない。常軌を逸した異端であり、しかしそれはとても優しく、温かみのあるものである。そもそも彼女を理解できるはずがなかったのだ。

数年前、とある霊能者と博士が世間を賑やかした。霊能力と呼ばれる非科学的な能力を持つ者がいたのだ。結局、霊能者はインチキであると世間が認めたものだから有耶無耶《うやむや》になっている。それゆえに、絹香は蔑まれていたのだろうか。

また、このことと絹香の父親の死はなにか関係があるのだろうか。もし彼女が当時、その能力を開花させていたとしたら母の病気も治すことができたのではないか。

しかし、彼女はできなかった。能力が弱かったのか、それとも彼女自身が気づいていなかったのか。どちらも当てはまりそうだ。

そうなると、彼女はこの能力さえあれば両親の死を回避できたかもしれないという自責の念に囚われているのではないか。

絹香の心がようやく明瞭に見えてきた気がする。

敦貴は顔を上げた。顎に手を当てて考え事をしていたせいで、どうやら体が固まってしまったらしい。時計を見やると、すでに日を跨《また》いでいた。

とにかく、不穏な動きをする恒子のしっぽをつかんで、どうにか対処しなくては。悪意は早めに摘んでおくに限る。絹香への確認はその後だ。

＊＊＊

御鍵絹香様

先日は父が失礼なことを言い、本当に申し訳なかった。

あのような物言いは昔からそうです。私や母も、そんな父の残酷な言葉に振り回されて散々な目に遭いました。しかし、あれは私には君を侮辱するつもりはなかったのだと感じます。言い方はともかく、彼なりに君を気遣っていました。

そんな父から、御鍵明寛氏の件を任されております。やはり父上の自死は不明な点が多い。

その真相を解明すべく、私は方々から情報を仕入れています。君はおそらく嫌な顔をするのでしょうが、これは君のためでもある。君の支えになれたらと思います。君さて、叔父上殿は君を再びぞんざいに扱い、大事にしないだろうと推察します。君の健やかな生活を脅かすような真似はさせないと誓った身でありますので、私からも十分配慮するよう伝えてあります。

君は弟御との邂逅《かいこう》をただただ楽しめばよいのです。姉弟水入らずの再会ですので、私からの見送りは控えさせていただきますことをご容赦ください。

では、毎度ながら短文で失礼いたします。

貴姉のご健闘をお祈りしております。

長丘敦貴

急いで書いたのであろう走り書きのような手紙だった。絹香は部屋でひとり、敦貴からの手紙を読みながら待っている。いつもと同じく短いのに、この生真面目な文章を見るだけで心が落ち着くから不思議だ。

ほどなくして御鍵邸では使用人たちがいっせいに庭園に並んで一視の到着を待っていた。

表が賑やかになり、ふと窓の外を見た。どうやら一視と今利家の当主が邸に到着したらしい。

絹香は急いで手紙を封筒へ入れ、懐に仕舞った。そして、叔父たちの歓迎の声を耳で聞きながら階段を駆け下りる。

「一視！」

絹香は思わず声をあげた。

八年ぶりに見る弟はすっかり背が伸びて、大人びた顔つきをしていた。絹香に似たまっすぐな黒髪と、利発そうにすっきりとした目元がこちらを見る。

「姉さん」

声も低くなっていて、落ち着いた雰囲気だった。彼の体に合った焦げ茶色の背広がとても似合っている。

「お久しぶりです。姉さん、すっかりお綺麗になられましたね」

「あなたはとても凛々しくなったわね。立派だわ。すごく、会いたかった……」

絹香が一視の手を握ると、彼はくすぐったそうに笑う。あの幼い一視の面影が残っている。それだけでも嬉しく、ただただ感激してしまう。

そんな姉弟の再会に水を差すのは叔父の咳払いだった。

「絹香、今利様に失礼だ。わきまえなさい」

「失礼いたしました」

すぐさま謝罪し、絹香は一歩後ろへ引く。そして、一視の背後に立つ老紳士、今利に深くお辞儀する。

「ようこそ、おいでくださいました」

美しく丁寧な挨拶を心がけると、今利は嬉しそうに笑った。

「いやぁ、すっかり見違えましたな。絹香さん、ますます七重さんに似てきましたね」

今利はおおらかで、とても愛嬌のある人だった。母の七重の遠縁に当たるというが、葬儀の際にしか会ったことがなかった。

絹香は鍛えてきた微笑みを向けた。

「さぁ、中へどうぞ。長旅でお疲れでしょうし、ゆっくりしていってくださいな」

叔母が中へ案内する。こちらもニコニコと完璧な作り笑いである。これにいっさいの疑心を抱くはずもなく、今利と一視は御鍵邸へ足を踏み入れた。

瀬島は居間で使用人たちと一緒に客人へのもてなしの準備をしていた。それからは、叔父と今利を相手に学業の話について語り合う。

彼は昨日よりも顔色が一段とよかった。しかし、絹香に対しては冷たかった。一視の前で妙な動きをすることはなく、おとなしいものだ。

絹香も叔母と同席していたが、会話に入ることは許されない。

ただ一視がいるだけで、この家の空気が軽く感じられる。いや、叔父たちはそういかないのだろうが、絹香にとっては居心地のいい空間だった。ここで粗相さえしなければ、穏便に時間が過ぎ去ってくれる。

もし一視もこの家に引き取られていたら、叔父たちとも打ち解けていたのだろうか。そんなありもしない空想を思い浮かべてしまう。

一視は今利や叔父たちの会話に混ざるでもなく、ただそこに黙って座っていた。チラチラと姉を見るところ、本当は絹香と話がしたいのだろう。体が成長し、たくましくなったとはいえ、姉から見ればまだ幼く愛しい弟であった。

絹香と叔母は距離を空けて静かに茶を飲んでいた。いっさい、目を合わせずにいる。

しかし、そんな穏やかな空間も今利の発言で一気に冷えた。

「そういえば、絹香さんは長丘家で花嫁修業をされているようですな」

これに、叔父が絹香を睨む。その一瞬の攻撃が、絹香の心臓を握りつぶした。

事情は今利家にも一視にも事前に伝えてあった。ゆえに、この話題は避けられないものだが、叔父は触れられたくなかったらしくぎこちない笑みを浮かべていた。

「えぇ、まぁ。なにしろわがまま放題に育ててしまったからか、縁談の話もなく……ですので、取引を再開していただいた長丘様の元で花嫁修業をさせることに」

「存じておりますよ。しかし、絹香さんは気立てもよいし、どこに出しても恥ずかしくないと思います。あの時、明寛氏の遺言で一視のみ預かるよう仰せつかったわけですが……私は、絹香さんも引き取るつもりでいたんですよ」

そう言って今利が絹香に笑いかけた。蓄えた白い髭の下では慈愛に満ちた笑顔がある。心が震え、絹香は思わず茶器を落としそうになった。

「そうだったんですか……」

それだけ言うのがやっとだった。

この人に引き取られていたなら、どんなに幸せだったろうか。こんなに落ちぶれた今があまりにも無様で、誰の目にもさらしたくないという衝動に駆られる。次第に視線が下へ向き、絹香は笑うこともできなかった。

「姉さん？」

「あ、ごめんなさい」

一視の声でハッと現実に引き戻される。

叔父と叔母の責めるような視線が痛い。今は、幸せにあふれた令嬢になりきらねばならない。その使命を思い出し、絹香は精一杯の偽物の微笑みを向けた。しかし、気の利いた言葉はなにひとつ出てこなかった。

気まずくていたたまれなかった絹香はひっそりと席を立ち、洗面台に引っ込んだ。放心状態のまま顔を洗う。

ぼんやりと嵐の予感がする。一視が帰った後、叔父と叔母に罵られるのだろうと想像すれば、ますます気が滅入った。

「はぁ……」

唐突に脳裏をよぎるのは敦貴の顔。彼の元へ帰りたい。そんな思いがあふれ、慌てかき消す。

──どうして敦貴様のことを考えているの……。

どこへ行っても居場所がないと感じ、絹香はなかなか洗面所から出られなかった。

あの空間に戻ると自分の劣等感がどんどん浮き彫りになっていくような気がし、うまく笑えなくなる。そうなると、叔父たちに迷惑がかかる。今利に不審を抱かせ、一視にもすべて知られてしまう。それが一番恐ろしい。とくに一視に知られるのが耐えられなかった。

「――姉さん」

背後から声がする。鏡を見ると、一視がドアを開けて立っていた。

「ノックはしたんだけれど」

「あ、ごめんなさい……気がつかなかったわ」

急いで振り返って笑うも、やはりうまく笑えている気がしない。横目で鏡を見ると、ひどく狼狽した自分の姿が映っていた。こんなにも繕うのが下手だったろうか。

一視はかろうじて絹香よりも背が低かった。しかし、子供の頃とは違って目線はぐんと近い。彼は心配そうに顔をうかがってきた。

「具合でも悪いんですか？」

「いいえ、違うの。嬉しくて、涙が出そうになっただけ」

「本当ですか？　とてもそんなふうには見えませんよ」

一視は気遣うようでも、責めるようでもある言い方をした。自分との邂逅に不満があるのかと、そんな表情をしている。

その厳しい圧のある口調に、やはり大人びたことを認識させられる。どことなく父の面影もあり、八年という年月で磨かれた一視の風格を見せつけられ、絹香は言葉を詰まらせた。

「姉さん、今日はどうせゆっくり話すことができないだろうから、ここで少し話しませんか」

「えぇ……」

断ることができず、絹香はうつむき加減に笑った。

「またそんな笑い方をするんですね。姉さんは変わってしまいました」

「そうかしら。わたしはなにも変わってないはずよ」

一視の呆れたような口調に、絹香は目を合わせず反論した。

「いいえ、昔はもっと強くて凛々しくて、優しかった。今は、なんだか誰かの目に怯えていて、しおらしく見えます。手紙にはそんな素振りなどいっさい見せなかったのに」

現にそのとおりで、的を射ている。しかし、指摘されなければ気づこうともしなかった。

絹香は自分の不甲斐なさを呪った。乾いた笑いが喉の奥から飛び出していく。

「わたしは……あなたに心配をかけたくなかったのよ。わたしが泣くわけにはいかないから」

「それはわかっています。あなたは昔からそうだ。でも、僕はもうあの頃のように弱くはありません。守ってもらわなくて結構です。自分の身くらい、自分で守れます」

身震いしそうなくらい冷ややかな拒絶を絹香は感じた。一視は不信感たっぷりに眉をひそめる。

「情けない……なんですか、その顔は。あの頃の姉さんはどこに行ったんです？　僕の憧れていた姉さんを返してください」

「わ、わたしは弱いの。あなたが思っているほど強くない。誰かにすがってないと生きていけないのよ」

追及に耐えきれず卑屈な言葉を口走る。それが決定打となり、一視の目が非難がましく細められた。

「そんな言葉は聞きたくありませんでした。幻滅ですよ」

厳しい言葉は刃のごとく、絹香の心臓を切り裂く。一視はため息をついた。

「そもそも、長丘様の元に身を寄せているというお話も、僕は納得していません。嫁入り前の娘が男性の家で厄介になるなど、意味がわかりません。姉さんは御鍵家の格を、これ以上さらに落とすつもりですか？」

一視の声は厳しい。きっと姉への羨望が強く、それゆえに失望感も強かったのだろう。こんなことを言うために上京してきたわけではないのだろうが、幻滅のあまり責めるしかないのだ。

「ごめんなさい」

絹香は小さく呟いた。

「謝罪すれば許されるとでも？」

「でも、他に言葉が見つからないわ」

「はぁ……しっかりしてください。姉さんはいずれ御鍵家を背負うんですよ。叔父様の跡目を継ぐのは姉さんだ」

「まさか。女の身の上で、そんなことあるわけないわ。あなたが継ぐのよ」

言葉の意味がわからず、絹香は戸惑いの声をあげた。そんな姉に構わず、一視は強情に言い放つ。

「いいえ、今の御鍵家に僕の居場所はありません。それに、お父様は僕じゃなく姉さんを叔父様にお預けになられた。僕は最初から期待されていなかったんです」

「そんなはずないわ。いずれはあなたが継ぐために、だからわたしは叔父様の元で、あなたの居場所を守ろうと……」

しかし、自分の言葉に違和感を持った。どんどん消えていく自信が声になってあらわとなり、一視はさらに不機嫌な目で絹香を睨みつけた。

「では、仮にそうだとして。叔父様を支えずに勝手に家を空けたのは誰ですか」

絹香は息を止めた。反論などできるはずがなく、またこれまで一視が持っていた劣等感や怒りを直に受け、ぐっと唇を噛む。

それでも絹香は涙をこぼすまいと務めた。弟の前で泣いてはいけない。でも、もう心が壊れてしまいそうだ。

「……一視、あまり席を外しているといけないから、早く戻りなさい」

「わかりました。姉さんも早く戻ってください」

「えぇ」

一視は諦めたようにその場を去った。ドアの前で一瞬だけ立ち止まり、さっさと出ていく。その後ろを追いかける気はなく、絹香は洗面台にもたれた。ゆるりと肩を落とすと張っていた気力が一気に消え失せた。我慢していた涙があふれてくる。

「……どうしてよ」

白い器に透明の涙が流れ、視界がどんどん曇っていく。まるで水の中に放り込まれたかのように、景色が潤んでいく。

「どうしてうまくいかないの……どうしてわたしは……」

どんな理不尽にも耐え、周囲からの要望に応えてきた。あれこれとたらい回しにされても、懸命に生きようと努力した。それなのに、たった少しの反抗がここまで周囲の信用を裏切ることになるとは思いもしなかった。

理不尽だ。ただただ理不尽だ。これまでの人生があぶくとなって潰《つい》える。

「もう疲れたわ……」

泣くことすら体力を奪う。かがんでいると、胸に仕舞っていた敦貴からの手紙が床へ落ちていった。

そういえば、彼だけはすべてを受け止めてくれるような優しさがあった。だが、その優しさに甘えているだけなのかもしれない。これは愛ではない。瀬島が絹香にすがっていたような、そんな偽物の愛情を思わせる。

弟への情ももしかすると、自分自身を正当化するためだけの寄《よ》す処《が》だったのかもしれない。他人を思いやっているつもりが、いつの間にか自身を支えるための道具にすり替えている。それはなんだか寄生虫のようだ。

敦貴のことを考えてしまうのは、つらいことから逃げようとしているだけなのかもしれない。そんな自分が情けなくなり、彼に会うのも恥ずかしく、どうしようもない喪失感に襲われた。

――わたしは、どうしたらいいの……。

行き場がない。だったらいっそ、死んでしまえば楽になれるだろうか。

絹香は洗面台にカミソリを見つけた。

楽になりたい。父もそれを願って引き金を引いたのだろうか。すべてを捨てて楽になれば、永遠の幸せを手に入れられると。

震える手でカミソリをつかむ。どこを切れば死ねるのかわからないまま、当てずっぽうに左の首筋へ刃を当てる。

呼吸が乱れていく。恐怖と緊張が全身を巡る。これを一気に滑らせば、あとは簡単に意識を手放せる——。

「絹香さん！」

突然、ドアから瀬島が飛び出した。ぐいっと手をつかみ上げられ、カミソリを床に落とす。

「なにを考えてるんだ！」

「離して！」

声をあげると、彼は絹香の口を塞いだ。こんな騒ぎが居間に漏れたら大ごとだ。

絹香は抵抗できず、涙を流したままでいた。瀬島は憐《あわ》れむように見つめている。それがますます惨めになり、絹香は静かに床へ崩れ落ちた。

「しっかりしてください、絹香さん。一視さんをひとりにするつもりですか？　彼はこの家のことをなんにも知らないから、ああ言っただけだろう」

まさか瀬島から説得されるとは思わなかった絹香は、目を見開いて息を飲んだ。ドアの向こうで聞いていたのか。それとも叔父の差し金で見張っていたのか。

おとなしくなったとわかると、瀬島は絹香の口を解放した。新鮮な空気が肺の中へ流れ込み、絹香は声を押し殺して泣いた。

「絹香さん」

彼は遠慮がちに言った。口を開きっぱなしで後が続かない彼に、絹香はだんだんと苛立ちを覚えた。

「いい気味でしょう？」

「そんな、まさか」

慌てて繕う瀬島だが、絹香は不審感たっぷりに口角を上げて彼を一瞥《いちべつ》した。

「嘘よ。信じられないわ」

だが、瀬島は挑発に乗ることなくうなだれた。それがますます腹立たしい。どうして死なせてくれなかったのかと、理不尽に責め立てたくなる。

「わたしは、こうして叔父様たちの人形として生きるしかないの。だって、そうでしょう？　敦貴様との契約ももうすぐ終わるもの……」

敦貴の名を紡ぐだけで涙があふれる。

長丘家での生活は穏やかで温かかった。例え役目だとしても、彼のそばで恋愛ごっこをするのが楽しかったと、今ならそう思う。そして、幸福だった。敦貴との手紙のやり取りも、心を通わせるのも、かけがえのない時間だった。できることならこんな幸福を味わいたくなかった。もう誰にも愛されない生活に戻ることなどできない。

「一視はもう家族がいるの。だったら、もういいじゃない。わたしなんかいなくても、あの子はきっとやっていけるわ」

「それ、本気で言ってるの？」

瀬島は唸るように訊いた。だが、怯むことなく口は勝手に言葉を紡ぐ。

「本気よ。だって、そうだもの。あなただって、わたしのことを愛してるって言いながら、助けてくれなかったじゃない」

「あぁ、そうだよ。僕はどうしようもなく卑劣で臆病だからね」

彼は自嘲気味に言った。そこには苛立ちも含んでいた。対し、絹香も怒りが湧く。

こんなに心が激しく揺れるのは久しぶりだ。

しばらく互いに睨み合う。心をぶつけ合っても意味がないのに、理性はどこかへ姿をくらました。

「……あなたは、長丘との生活が幸せだったんだね」

瀬島が諦めにも似た冷ややかな声を落とす。その言葉を肯定することはできず、絹香は強情に黙りこくっていた。

「だったら、行きなよ。そっちに飛び込んでしまえばいい。あなたの居場所は、きっと彼のところだ」

「違うわ」

絹香は首を横に振った。

「だって、敦貴様には許嫁がいらっしゃるもの。わたしのことなんか、なんとも思ってないわよ」

感情的になるあまり口調がとがる。そんな絹香を、瀬島は一視と同じような諦めの息を投げつけた。

「確かに一視さんの言うとおり、絹香さんは変わったよ……前はそんなふうに卑屈なことを言う人じゃなかった」

「そうさせたのは誰よ」

「あぁ、僕だろうね。そして、この家の環境があなたを変えた……僕はね、それでも前を向いて生きるあなたが好きだったんだ」

瀬島は冷めきった目で絹香を見下ろし、カミソリを回収した。その際、落ちていた手紙も見つけた。一瞬ためらうも拾い上げて絹香に渡すと、彼は静かに洗面所から出ていった。

残された絹香は濡《ぬ》れた顔を再び洗い流し、鏡を見つめた。

青白い頬と泣きはらした目が不細工だ。心が汚れている証拠だろうか。だが、いつまでも清廉ではいられない。心はすでに崩壊している。いつの間にかひび割れていて、粉々に砕けていくようだった。

それを拾い集めるのはもはや困難であり、放置するに限る。しかし、もしかすると瀬島の心を救ったように、自分の心も修復できるのかもしれない。

絹香は自身の胸を撫でた。心に熱を送るようなイメージをすると、敦貴の手紙が熱を帯びた。

お守り代わりの手紙を開く。そこには、敦貴の言葉がしっかりとしたためられている。

『君の支えになれたらと思います』

何度読み返しても、この一文が絹香の胸を穿《うが》つ。それは、まるで彼を欲するように。今すぐに会いたいと乞い願うような、身の程知らずな恋慕で。

飛び込んでしまってもいいのだろうか。でも、そんなことは許されない。

絹香は手紙を仕舞った。いくらか心が落ち着いていることに気がつき、思わず天井を仰ぐ。

「わたしは、敦貴様のことが──」

皆までは言えない。それを口にすると、不幸がいっそう増すだろうから。

あふれそうになった想いを、心の奥深くに閉じ込めた。

＊＊＊

部屋に呼び寄せた使用人は、いっさい顔を上げることはなかった。うなじの白髪が見えるほど、彼女は深く深く両手をついて許しを乞う。

「恒子、貴様には失望した」

敦貴は冷酷無慈悲になじった。

大胆にも恒子は絹香の部屋でなにかを物色していた。大方、瀬島への土産か絹香の弱みを探っていたのだろう。その場面を待ち構えていたかのごとく、米田とゐぬが彼女を取り押さえた。

そうして今、敦貴から尋問を受けている。本家へ余計な情報を漏らしたこと、外部の人間――瀬島行人と無断で接触し、絹香の情報を探っていたこと。恒子の行いがすべて明るみになった以上、彼女に逃げ場はなかった。

「申し訳ございませんでした」

一方、敦貴は爽やかな笑みを浮かべて恒子を見下ろしていた。

「謝罪だけでは足りない」

声を荒らげることなく、ただただ優しく猫撫で声で言う。それがかえって恐ろしさを増すのか、恒子はカタカタと震えていた。

「私の世話係という役目を絹香に奪われたのがそんなに気に食わなかったか？　そんな役目に矜持でもあったのか？　まったく、バカなヤツだ。そんなつまらんことで思い上がるな」

「申し訳ございません……処罰はいくらでもお受けいたします」

今にも泣きそうに怯える恒子だが、見苦しく釈明するわけでなく潔く罪を認める。

それに対し、敦貴は底冷えしそうな低い声で返した。

「クビにしたところで、それは貴様の望みどおりになろう。この私を舐《な》めるなよ」

恒子はハッと顔を持ち上げた。驚愕の色を浮かべている。

「どうして、それを……」

「貴様の目的はここを辞めること。わざと問題を起こして、他の邸に泣きつくつもりだったのだろうが、絹香の秘密を知った以上はここから出ることは許さない」

「そんな……っ」

恒子はこぼれそうなほど目を開き、わなわなと唇を震わせた。

「処罰は降格だけに留めておく。あぁ、もちろんわかっているだろうが、絹香の秘密は他言禁止。以上だ。下がってよろしい」

そう無慈悲に言い放つも、恒子は放心し動こうとしない。

まったく、好奇心というのは異端よりも不気味で、質の悪いものだ。同時に自己嫌悪も広がる。

敦貴は横目で恒子を一瞥しながら外へ出る。この後、大事な用事があるのだ。急がなければ、絹香がまた暗闇に囚われてしまう。

「お、お待ちください、敦貴様！　どうか私めを解雇してくださいまし！　お願いします！　お願いします！」

すがりつく恒子を手で払いのける。廊下で待機していた米田が彼女を取り押さえ、それでもわめき散らす恒子の怒号を背中に受けながら、敦貴は颯爽と秘書を従え横濱へ急行した。

北風がいよいよ張り切る時期。落ち葉を巻き上げる石畳で、外套《がいとう》をなびかせて歩く敦貴は矢住外貿のビルディングへ到着した。そこで社長の矢住――沙栄の父親と対面予定だ。

煉瓦《れんが》造りの洋館は広々としていて、高価な調度品が廊下や階段に飾ってある。全体的に重めの色を使った内装であり、敦貴は大きな応接間に案内された。

しばらくソファに座って待っていると、社長が明るい笑いを携えて駆け込んできた。中肉中背、少し額が禿《は》げ上がった男が気取った黒い背広姿で現れる。

敦貴は腰を浮かせたが「いやいや」と気遣われ、そのままでいる。

「やぁ、敦貴さん。ようこそ、我が社へおいでくださいました」

「ご無沙汰しております、社長。急に押しかけてしまい、申し訳ありません」

「敦貴さんからの連絡ならどんな仕事も放り出せますよ。まぁ、外国へ出張中は物理的に不可能ですがねぇ」

矢住は陽気で豪快に笑いながら、向かいの席に座った。こういうところが沙栄にも影響しているのだろう。力でねじ伏せるのではなく、真心で人望を集める気質なのだ。

少々話が長くなるのが玉に瑕《きず》だが。

ここで、もたもたと世間話に花を咲かせる暇はない。矢住が調子よく口を開く前に敦貴は口火を切った。

「さっそく、本題に入らせてもらいます」

「あぁ、はい。話には聞いていますよ。御鍵商社のお話でしたなぁ。なんでも御鍵家のお嬢様をお邸に招いたそうで。さすがは敦貴さん、懐が広くていらっしゃる」

「そう大層なことではありません」

敦貴は素早く答えた。無駄話が苦手な敦貴の気質を知っている矢住は、それ以上探ることはなかった。

そもそも事前に訊きたいことを書面で送っていたので、矢住もすぐに表情を切り替えた。

「あの古い事件については確かに、あなたも無視することはできませんでしょう……実に胸が痛む話です。あの頃、私はまだ起業したばかりでしたから、噂の触りだけしか聞いてなかったんですがね。いやはや、身につまされる事件でした」

「そうですね。なんとも許しがたい、とても悲劇的な事件でした」

平然と話を合わせておけば、矢住はわずかに緊張をゆるめた。

「あれほどの悲劇はありませんよ……御鍵商社の前社長はとても気のいい方で、新参の私にも丁寧に愛想よくしてくださった。めったにいませんよ、あんな人。社員にも慕われていて、最も勢いのある会社でした」

矢住は少し言葉を切った。陽気さが嘘みたいに消沈し、口が重くなる。

やがて、彼は天井を仰いで言った。

「しかしどうも、前社長の明寛氏と現社長の寛治氏はあまり仲がよくなかったらしいのです。こう言ってはなんだが、寛治氏が明寛氏を殺したのではないかと、そんな尾ひれまでついたものですよ。いまだに黒い噂が絶えません」

敦貴は誰にも悟られないようゴクリと唾を飲んだ。平静そのもので黙って続きを促す。

矢住氏は溜《た》まった息を吐き出すように、静かに声を低めて言った。

「しかし、警察の調べでは自殺だったから、そんな恐ろしいことはなかったと思いたいですがねぇ。だが、寛治氏が不正を働いたのは間違いありません。しかし、業界への不審や疑惑は避けるべきでした。義三郎様のご尽力でなんとか収束したようですが……」

そうして、チラリと敦貴を見やる。矢住の確かめるような視線にも、敦貴は無表情を貫いた。

「ええ。公になれば、それこそ国全体が混乱することでしたから。父の判断は正しくなくとも、間違いはありません」

さも知っているかのごとく装えば、矢住はわずかに安堵した。そして、顔を綻ばせる。

「まぁ、そんなところでしょうな。義三郎様が御鍵家の内情のどこまでを把握されていたかは存じませんが、今の御鍵商社や業界全体を救ったのは間違いなく、長丘家のお力添えの賜物でしょう」

父、義三郎が『任せる』と言ったのは、このことが原因か。御鍵家とのつながりはやはりあったのだ。

寛治氏が行った不正を長丘家がもみ消し、事態を収束させた。だが、正義感の強い前社長、明寛氏は自責の念から死を選んだ。

御鍵家の内情——寛治氏の裏切りは確実だ。そのことを苦に、家族を捨てて死を選んだというのだろうか。

矢住から話をたっぷり聞き出した後、敦貴は行きよりもさらに険しい顔つきで矢住外貿を後にした。

吐く息が白い。すっかり冬模様の空を見上げることもなく車に乗り込んだ。秘書が運転する車が濡れた石畳を走っていく。頭の中で、御鍵家での事件のエピソードをひとつずつつなぎ合わせていく。

「すまない、御鍵商社へ向かってくれ」

ふいに運転席へ声を投げる。寛治へは連絡を取っていないこともあり、秘書は面食らった様子で慌ててハンドルを切った。

車の中で揺られながら、これからどうするか考える。ふと先日届いた書簡を思い出し、懐から引っ張り出す。差出人は意外な人物だったこともあり、目を通すのを後回しにしていたのである。

素早く読み進めた後、敦貴は「ほう」と感心の声を漏らした。

＊＊＊

一視の滞在中は絹香もいくらか自由がきく。ただ、長丘家へ戻るまでの時間がとても長く感じていた。

絹香は、敦貴への手紙を投函するか迷っていた。外へ出ようと思い立つも、足がなかなか向かない。ここ一週間、食事以外では部屋に閉じこもるばかりだった。

――わたし、いつもこうだわ。

敦貴はいつだって絹香をリードしてくれた。少々強引で大胆なところはあるが、絹香が嫌がれば引いてくれる。そして、愛情を育てようと熱心に考えている。それに比べて、自分は感情に左右されるばかりで情けない。

出せない手紙にため息を落とすのももう幾度目か。

燃える暖炉の火をもってしても冷え込む自室で物思いに耽っていると、唐突に扉をノックされた。

「はい」

「絹香さん、お客様です」

それは瀬島の声だった。彼は事務的に告げるだけで、部屋に入ろうとはしなかった。彼の足音が去った頃、絹香は扉を細く開けた。確かに、階段下で賑やかな談笑が聞こえてくる。

身なりを整えて部屋から出る。階段を下りていくと、そこにはこの陰鬱な家にふさわしくない美しい色合いの花が立っていた。とても優しく、満開の笑顔を咲かせる花――矢住沙栄だ。

「あ、絹香ちゃーん！」

黒い手袋で覆った手を全力で振ってくる人懐っこさに、絹香は腰が抜けそうになった。

今日の彼女は紫の羽織に、矢羽根模様の着物だった。髪の毛が短いから、うなじがとても寒そうだ。

慌てて階段を下り駆け寄ると、沙栄の後ろに仏頂面の一視が控えていた。

「沙栄さん!? いったいどうしたんですか」

「絹香ちゃんに会えるかなぁと思って、この辺りを散策していたの。そうしたら、偶然通りかかられた弟様に心配されまして。ね、一視さん」

楽しげに笑う沙栄の憎めない笑顔に、一視は品よく微笑んだ。しかし、多くは語らずにいるので顛末《てんまつ》がわからない。

すると、沙栄は「くしゃんっ」と小さくくしゃみをした。

「まぁ、大変。体が冷えているわ」

彼女の肩に手を置くと、長いこと外気に触れていたと思しき冷たさに驚く。

「姉さん、矢住様を早く暖炉の元へ」

一視が間に入る。あれ以来、互いに会話もままならなかったので、話しかけてくれたのが少し嬉しい。

「えぇ、そうね。沙栄さん、わたしの部屋へおいでくださいな」

「はい！ 嬉しいわ。失礼いたします」

それから三人で階段を上がった。その場にいた使用人たちが驚きの目を向けていたが、とにかく腫れ物に触るかのようにただ静かに素通りしていく。

「ごめんなさいね、うちの人たちはみんな人見知りで」

笑ってごまかしながら、絹香は沙栄を連れて自室へ向かった。すると、一視がおもむろに声をかける。

「では、僕はここで」

丁寧に一礼する一視の表情は幾分か和やかだった。彼はしばらく沙栄ばかり見ていたが、ハッとして踵を返し客間へ戻っていった。

「申し訳ありません、沙栄さん。弟も人見知りのようです」

絹香は苦笑を浮かべた。対し、沙栄はなにやら含むように笑って一視の後ろ姿を見つめていた。

「いえいえ。とても素敵な弟様ですわ。それにしても絹香ちゃんにそっくりの美形さんだわ。わたくし、ピーンとひらめきましたの。この方はきっと絹香ちゃんのご兄弟なのだわって」

その鋭さたるや。絹香は舌を巻きながら笑って受け流した。

「叔父の邸ですので、居間を使うのが少しはばかられまして……こんなところで申し訳ありません。いま、お茶を用意しますね」

「ええ、お願いします」

沙栄は部屋を見回しながら朗らかに言った。

窓辺に置かれた小さなソファとテーブルを初めて使う。

「暖炉の前であたたまってくださいな。わたしはお茶のご用意をいたしますので」

そう言うや否や絹香は急いで台所へ向かい、紅茶を用意した。確か、英国紅茶が彼女の好物だったような。夏のことを思い出しながら、客用の茶葉とミルクをティーセットと共に盆にのせる。慣れた手つきで再び二階へ駆け上がり、自室で待つ沙栄に笑いかけた。

「お菓子を用意できなくて、ごめんなさいね」

「いいえ、とんでもないわ。急に押しかけたのはこっちだもの。お父様の会社が近いから、よく出入りしているのだけれど……絹香ちゃんがご自宅に戻ってると聞いて、つい無断で来ちゃったの」

「まぁまぁ、それは……ご連絡くだされば遣いを出しましたのに」

呆れ半分に笑えば、沙栄は人差し指を「チッチ」と振った。

「〝サプライズ〟をしたかったの。そうしたら、道に迷ってしまって……一視さんがお声をかけてくださらなかったら、諦めて帰るところでした」

絹香は、沙栄が座る横で茶の支度をした。その手際のよさを、沙栄は唖然《あぜん》とした様子で見つめる。

「絹香ちゃんって、なんでも自分でなさるのね」

「えっ……」

思いがけない言葉にドキリとし、危うく湯をこぼすところだった。そんな絹香に構わず、沙栄は感心げに微笑んでいる。

叔父たちからの強要で、台所仕事を長くしていたせいか、使用人のように思われたかもしれない。だが、それは杞憂だった。

「敦貴さんの元で花嫁修業をしていたら、立派なレディになれるのかもしれないわね……あぁ、わたくしもそうしたらよかった」

いつも元気いっぱいな彼女がわずかにしおらしさを見せるので、絹香は手元が狂いそうになるのを抑えた。なんとか美しく移し替える。

「どうぞ」

「ありがとう」

沙栄は嬉しそうにカップを手に取った。絹香も一緒にカップを取り、熱い紅茶を口につける。しばらく無言で茶を嗜んでいると、沙栄の表情がわずかに憂いを帯びていることに気がついた。

そういえば、彼女とは長丘本家で会ったのが最後だった。あの震え上がるような場所で、沙栄は明るく努めていたものの混乱と疑心でいっぱいだったに違いない。

一緒に茶を飲み、ホッとひと息つく。すると、沙栄の口元も柔らかになった。

「おいしいわ。とても落ち着く。体がぽかぽかしてきたわ」

「それはよかったわ。沙栄さんの体になにかあっては心配ですもの」

「あら、それは絹香ちゃんだってそうよ。あの後、とても心配してたんだからね」

あの後、というのはやはり本家でのことだろう。避けては通れない話だと悟り、絹香は表情を作ることを諦めてうつむく。

それが気落ちしているように見えたか、沙栄は気遣うように明るく言った。

「お義父様もお義母様も神経質なのよね。そういうところが、わたくしも少し苦手なのよ。これ、内緒にしておいてね」

取り繕ってくれる沙栄だが、絹香は顔が上げられずにいた。すると彼女は顔を覗き込んできて、そっと手を握る。

「絹香ちゃん、あのね。どうしても訊きたいことがあるの」

「なんでしょうか……」

こわごわ視線を上げてみると、沙栄は真剣な眼差しで絹香を見つめていた。

「敦貴さんのことなんだけれど……その、ほら、お義父様が言っていたような関係ではないのよね？」

「えっ」

外よりも幾分暖かいはずなのに、冷水を浴びせられたように全身から熱が引いていく。

「いえ、いいのよ。だって、おかしいと思ったもの。あの敦貴さんが女性を家に招くなんて、どんな心境の変化かしらと。実はね、あの方はわたくしのことがお嫌いなんです」

そうきっぱりと言われ、絹香は言葉を発することができなかった。一方、沙栄もこの気まずい空気を繕うと顎をつまんで訝りながら話を続ける。

「うーん、お嫌いなのかしら……それもよくわからないの。わたくしが生まれた時から敦貴さんと結婚するのが決まっていて、それはそれで素敵だと思っていたのだけれど……これでいいのかしらと迷うことがあってね」

彼女は嘆息し、絹香の手を離した。ソファの背にもたれて天を仰ぐ。

「きっと、わたくしは敦貴さんのお嫁さんになれないわ」

「そんな、なにをおっしゃるの、沙栄さん」

「あら、おかしなこと言ってる？」

沙栄は眉をしかめて笑った。その笑顔に絹香はどう返したらよいか困り果てた。本当のことを話せば、きっと沙栄は前向きに敦貴との婚姻を考えるはずだ。

だが、敦貴との契約で恋人役の仕事は他言禁止とされている。沙栄に漏らすなどもってのほかだ。

「敦貴様は、沙栄さんを大事に思っておりますよ」

感情を殺して言葉を吐く。当たり障りないことだけを告げるも、心の奥底でチリチリとくすぶる恋心が胸を焦がす。

沙栄は訝る素振りもなく「そうね」と大きくうなずいた。

「でもね、こうして不安になってしまうのは、きっとわたくしの心が整理できていないからなのよ。うまく言えないんだけれど……一度でいいから、わたくしも自由にお相手を選べたらよかったのにって」

その切実な言葉が、絹香の胸にサクッと突き刺さった。

自由に選べたら――行き場のない無謀な憧れでしかないことは承知だが、願わずにはいられない。それは沙栄も同じなのだ。

彼女は再び絹香の手を取った。

「うふふ。絹香ちゃんのおててはあったかいのね」

「え、えぇ……昔から体温が高いの」

それはきっと異能のせいだろうが、口が裂けても言えない。そんな心情をつゆ知らず、沙栄は自分の頰に絹香の手を当てがった。

「あぁ、安らぐわ。なんだかお母様の手みたい」

冷えてかじかんだ手を、絹香もたまらずぎゅっと握りしめた。意識せずに熱が伝わり、沙栄の手も次第に体温を取り戻していく。

「ねぇ、絹香ちゃん」

ふと、沙栄がひっそりと呟く。

「敦貴さんのこと――」

しかし、その続きは聞こえなかった。

「ううん。ごめんなさい。気にしないで」

絹香は言葉の向こう側を無意識に探ったが、彼女は隠すように手を離した。おもむろに窓へ足を運ぶ。

「まぁ、雪だわ」

彼女の声に、絹香も立ち上がり横へ並んだ。白い産毛のような雪がちらちらと下へ舞い降りていく。

「どうりで寒いと思ったのよ」

その言葉の割に彼女は浮き足立って笑う。その無邪気な笑顔に、絹香は目を伏せたくなった。

『ごめんなさい』とすら言えない自分の立場がなんとも歯がゆく、また相反するように胸が焦がれて苦しかった。
敦貴への想いがどんどん膨らんでいく。そんな自分を許してほしい——と。
窓枠に積もる雪は羨むほどに純粋な白だった。

第六章　とこしえに想ふ

二週間ばかりの滞在の後、一視は今利と共に九州へ帰った。結局、一視との和解はできぬままで、また束の間の平穏も終わる。

一視が帰った途端、絹香は叔父に呼ばれた。しかも、なぜか瀬島も同席させられる。いったい、彼らはどんな密約を交わしたというのだろうか。ソファに座る叔父は洋杖を持って上機嫌だった。

絹香は瀬島とも顔を合わせぬように心がけていた。彼もまたあの洗面所の一件から、口をきこうとしない。そんな気まずい空気を読み取ることはない叔父は、なんだか下卑た笑いをしながらふたりを見ている。

「絹香。私は少し考えを改めたぞ」

いつもは憎々しげに口を開く叔父だが、今日は不気味なほど機嫌がいい。今利の滞在中はなにかと精神的にくるものがあったらしく、彼もまた会社にこもりがちであった。

絹香は首をかしげた。すると、叔父は口の端を吊り上げて言った。

「お前と瀬島くんを婚姻させることにした。この瀬島くんは、どうやら私の跡を継ぐ気らしい」

「なっ！」

絹香は思わず立ち上がった。一視という存在がありながら、どうしたらそんな発想になるのだろう。意味がわからない。

「叔父様、御鍵商社は一視が継ぐのだと、母の葬儀で取り決めたことではありませんか！　そのために一視は学業に励むことを優先として、今利様の元で励んでいるんです。お忘れになったわけではないでしょう？」

「まぁ、待て。そう怒るな。いいかい、絹香」

叔父は至って安穏に笑った。

「あれは義姉の意向であって、兄の遺言ではない。一視は今利鉄鋼を継ぐと言ったのだ。一視の意思を汲まないでどうする。今利様もその方がいいとおっしゃった上で、私が決めたのだ」

「なんですって……」

あまりにも衝撃的な展開に、絹香は心臓の震えが止まらなかった。怒りとも恐れとも違う、なにか巨大な感情の波が押し寄せる。

だが、思い返せば一視もそのようなことを言っていた。

──跡目を継ぐのは姉さんだ。

あれはそういうことだったのか。

「お待ちください、旦那様」

瀬島が割って入る。すると、叔父の目つきが鋭くなった。途端に瀬島の喉がごくんと動き、彼はなにも言えなくなる。

「もう決めたことなのだ。そして、お前は瀬島くんと共に会社を継ぐ。それでよいな」

「よいわけがありません。わたしはそのようなことを望んでおりません。一視が継ぐのだとばかり……」

「黙れ」

にべもなくピシャリと言われれば、口を塞がらざるを得ない。

「私の会社だ。私が跡目を考えて話してやっているのに、なんだ、その態度は」

「いいえ、御鍵商社は父の会社です！　明寛の娘として、これぱかりは譲れません！」

絹香は強情に粘った。すると、叔父の口髭が大きく歪んだ。瞬間、絹香は思い切り床へ叩きつけられた。憤慨した叔父の顔が真っ赤に染まっており、絹香を冷たく見下ろす。

「この恩知らずめが！　あの無様な兄は、すべてを捨てて死を選んだのだ！　哀れなお前をここまで育ててやったのに、なんたる不孝者だ！　恥を知れ！」

大声で罵られれば体は無意識に震え上がった。しかし、叔父の暴言は許しがたいものであり、絹香は初めて叔父を睨みつけた。

「わたしはともかく、父を侮辱するのは許せません！」

「貴様……！」

杖が振り下ろされる。絹香は目をつむり、顔をそむけた。その瞬間、瀬島の声がふたりの間に割って入った。

「これ以上はおやめください、旦那様。今の絹香さんには後ろ盾があります。このことが彼に知れたら、会社どころじゃないでしょう」

彼はおどおどとしながら立ち上がり、絹香の前に立った。一方で叔父は目をしばたたかせている。

「フン、長丘家か……しかし、こいつには化け物の血が流れておる。怪我をしたところでなんら問題はない」

「えぇ、そうです。彼女は異端です……そんな秘密を抱えるには僕には荷が重すぎました。このことをうっかり知人にしゃべってしまいましたよ」

「き、貴様、私を脅すのか。この身の程知らずが……書生の分際で……！」

叔父は驚愕の表情でわめいた。そんな叔父に瀬島は果敢にも睨み返した。そんな彼の姿を見て、絹香は困惑する。

「瀬島さん……」

「ごめんね、絹香さん。僕は君を愛していたよ。でも、僕じゃ君を幸せにできない」

彼の声は震えていて、どうしても臆病だった。

一方、叔父も震えていた。こちらは怒りで頭が沸騰しかけていた。しかし、長丘家の名を出されれば困るらしい。叔父はどうしても長丘家には逆らえない立場にいる。

そんなヒリつく空気の中、唐突に玄関チャイムが鳴り響いた。使用人が台所からバタバタと玄関へ走る。そして、すぐに戻ってきた。

「旦那様！　あ、あの……長丘様が……！」

「なんだと」

叔父は首をすくめた。絹香も瀬島も同時に振り返る。使用人は終始オロオロとしており、その場で立ち止まっている。

「なにをしているのだ。さっさと通せ」

叔父は観念したのか、使用人に命じた。そして、疲れたようにどっかりとソファへ身を投げる。

すぐさま使用人が居間へ敦貴を通した。渋い茶色の背広に身を包んだ彼は、相変わらず涼しげな表情で外套と帽子を使用人に預けた。

「突然の訪問、失礼する」

「なんの用だね」

叔父は忌々しげに言った。だが、言葉が尻すぼみ、先ほどまでの勢いがない。

「絹香を迎えに。彼女がまた危険にさらされているのだと手紙をもらったのさ」

彼は絹香を見てから、瀬島に目配せした。コートの内ポケットから折り畳まれた書箇を出す。差出人は【瀬島行人】とあり、叔父と絹香は同時に驚愕した。

瀬島は目を伏せて、口を真一文字に結んだ。

「うちの侍女がこの瀬島くんにあれこれと吹き込んだそうで、その件について話そうと機をうかがっていたんだが、先に彼から話を持ちかけられた。『絹香さんを助けてくれ』と」

「なっ、なんだと……！　瀬島！　貴様、裏切ったな！」

叔父はもう繕うのをやめ、大声でわめき散らした。どうやら彼らの密約はいつの間にか敦貴によって阻まれていたらしい。絹香は呆気にとられるばかりで、瀬島と敦貴を交互に見やる。

そんな面々を前にして、敦貴は一歩前に進み出て叔父へ詰め寄った。

「そもそも、私が送った提案書の返事もまだもらっていない。知らないとは言わせないぞ」

「…………」

「御鍵商社は長丘家のものとなる。そう事前に伝えたはずだ、御鍵寛治」

敦貴の言葉に、絹香は目を丸くして叔父と敦貴を交互に見た。

「叔父様、どういうことですか？」

「やはりなにも伝えていなかったらしい。どこまでも卑しく醜い男だな」

敦貴の冷たい言葉が突き刺さる。叔父の顔色は今や、紫色に変色していた。その目には葛藤が垣間見れる。

絹香はゆるりと立ち上がった。

「説明してください」

「あぁ。君にもきちんと伝えておかねばなるまい。瀬島くん、君の同席も許そう」

急な名指しに戸惑う瀬島だったが、敦貴の佇まいから発せられる圧に耐えきれないらしく静かに従った。

「叔母上はいないのか」

「お部屋にいます。呼びましょうか」

絹香が訊く。しかし、敦貴は手で制した。

「いや、いい。後で、叔父上殿がたっぷり話してくれることを期待する」

そうして、彼は淡々と話し始めた。八年前の真実を。

叔父と叔母が執拗《しつよう》に絹香を憎むのは必然だったのかもしれない。それが正当であるとは思いたくないが、同情に値すると絹香は冷静に考えた。

叔父、寛治は兄の明寛を恨んでいた。それは、明寛が許嫁である照代をないがしろにし、七重と結婚したことから始まった。

明寛の許嫁であった照代は、やがて寛治の妻となる。しかし、その頃の照代はすでに精神を病んでいた。許嫁からの裏切りが彼女の心を蝕み、悪女と変えた。誰彼構わず暴言を吐き、乱暴になった彼女を寛治は嫌った。

それから、寛治は順風満帆な明寛からすべてを奪おうと目論んだ。

　違法な商品の密輸を裏で取引し、社長にサインさせる。明寛はそれがなんであるか知らなかった。巧妙に細工された書類だったが、このことが水面下で発覚した後、明寛は親しくしていた長丘義三郎に事件の収束を依頼した。しかし、明寛は弟の裏切りに失意のまま死を選んだ。

叔父はすべてを手に入れた。しかし、姪《めい》を引き取ることまでは予想外だったという。憎き兄の子供、絹香である。叔母に至っては、元許嫁を奪った女の娘である。

この事実を暴かれて、叔父はもうなにも言えなかった。絹香も責めるどころか呆然とするだけだった。叔父の表情がすべてを物語っており、それが真実であると信じざるを得なかった。

絹香は敦貴に連れられるまま、いったん、長丘邸に戻っていた。自室の文机にジッと座っている。

これまでの不幸はきっと生まれながらのもので、尊敬していた父と母への憧憬までもが色あせていくようだった。

誰かを犠牲にしてまで愛を貫くのは正しくない。ふたりの物語に憧れを抱いていた自分が情けなく思う。

「幸せって、なに……？」

御鍵家を後にする際、瀬島に言われたものをふと思い出す。

『絹香さんは、そろそろ幸せになるべきだ』

でも、その幸せはなんなのだろう。両親はいない。弟を頼ることはできない。唯一の生きがいであった父の会社も失くした今、なにを支えに幸せをつかめばいいのだろう。ここからひとりで生きていくのはあまりにもつらく、心にこたえるものが多い。

「……絹香」

障子戸の向こうから敦貴が控えめに声をかけてきた。普段とは逆の構図に、絹香は違和感を抱く。

「入ってもいいか」

「はい、どうぞ」

静かに答えると、敦貴はゆるやかな和服で現れた。彼もわずかに気落ちしているようだった。

「大丈夫か？」

「大丈夫、と言えば嘘になります……周囲が目まぐるしくて、少し疲れてしまいました」

　正直に告げると、彼は気まずそうに唸った。珍しく遠慮がちに部屋へ入り、その場に座る。視線が交わると、彼は切なそうに眉をひそめた。

「そんな顔をしないでくれ。まるで心がないみたいだ」

　その言葉にハッとする。茫然自失《ぼうぜんじしつ》とはまさにこのことか。

　絹香はぼんやりとした目で敦貴を見つめた。

「心があると、このつらさに耐えられません。感情に振り回されていると、わたしはわたしを保っていられませんもの」

「君にはそうなってほしくない」

　敦貴は絹香の肩に手を置いた。いつも上げている前髪が哀しそうに垂れており、その隙間から彼は真剣に絹香を見つめる。その視線に優しさを感じた。

　絹香は直視できず、うつむいた。

「敦貴様のお心が、やはりわたしにはわかりません。恋人という役目であるだけのわたしに、どうしてここまでのことをするんですか」

「それは……」

「長丘家のためですか？　過去の事件の清算をするためにわたしを利用したんですか？」

「違う」

しっかりと強い否定だった。それゆえに絹香はますますわからなくなる。

「いっそ、そうだとおっしゃってください。でなければ、いったい、どうして」

「君の憂さを取り除きたかった」

敦貴は静かに言った。その声はどこか焦燥を含んでいる。

「だから、調べたんだ。君のことを知りたくて、ただただ好奇心のおもむくままに……こんなにも巨大なものを抱えていたとは思いもしなかった」

おもむろに、敦貴は頭を下げた。

「なっ、なにを……敦貴様、やめてください！」

「いや、謝らせてくれ。すべてを知った上で、さらに君を救いたくなった。その一心だったが……そんな顔をさせたかったわけじゃない」

すべて、という言葉に絹香は怯んだ。まだ明らかになっていない秘密がひとつある。だが、瀬島が恒子に異能のことを話したという事実があり、これを敦貴が知らないはずがない。

絹香はゴクリと覚悟を飲み込んだ。すると、敦貴はうなだれたままひと息ついた。

「絹香、私は君を愛しているんだと思う」

その告白は贖罪《しょくざい》じみていた。本来ならば泣いて喜ぶべき場面だが、到底受け入れられるものではない。ふるふると首を振って彼の心を否定する。

「嘘です、そんなの、信じられません」

「嘘じゃない」

敦貴は焦れるように言った。

「これが恋慕なのだと、君が教えてくれたんじゃないか。こんな感情になるのは初めてだ。君のことばかり考えてしまう」

「そんな、どうして……」

絶対に好きになってはならない関係だったはずだ。だが、彼の優しい言動やここまでの尽力がすんなりと腑に落ちる。同時にとてつもない罪悪感に襲われる。敦貴の胸に飛び込んでしまいたいのに、できない。

「……わ、わたしは、敦貴様の恋人役です」

絹香は喉の奥で騒ぐ本音を隠そうと躍起になった。彼の愛を受け入れたくてたまらないのに、言葉はなおも嘘をつく。

「わたしは敦貴様を愛していません。これが恋慕だなんて……敦貴様の心も一時的なものですよ。あなたは、わたしのような不幸者を哀れんでいるだけです」

「どうして私の感情を君が語るんだ。これが偽物だとでも？」

「だって、わたしは……敦貴様の横に並ぶのもおこがましい存在です。わたしは、醜いから……」

ふいに敦貴の指が絹香の口に押し当てられる。

「やめろ。そんなふうに言うな。言わないでくれ」

肩をつかみ懇願する彼の目が少しだけ揺れていた。

「言ったろう、すべて調べたと。君が異能を隠していることを、私は知っている」

「……………」

胸の中がざわざわとさざめいた。

そんなこちらの衝撃もいとわず、彼は絹香の背後にある文机に手を伸ばした。ペーパーナイフを持ち、なにをするかと思えば自らの手を切り裂く。

「敦貴様!?」

思わず悲鳴にも似た声をあげると、彼は憂いげな目で傷ついた手を向けた。

「治せるんだろう?」

畳に血が滴る。それを止めるように、絹香はしっかりと彼の手のひらを包んだ。傷口をなぞるように熱を共有する。

みるみるうちに彼の手は傷跡ひとつない滑らかさを取り戻した。

この奇跡的な瞬間に、敦貴はわずかに両目をきらめかせていた。一方、絹香は自身への嫌悪で胸が詰まりそうだった。

「……気味が悪いでしょう？」

「いいや」

「だって、常人とは違います。手を触れるだけで傷を治してしまう。なにもなかったように。まるで、化け物みたいで……」

「君は化け物なんかじゃない。美しくて心清らかな人間だ」

敦貴はいつになく強い口調だった。いつも冷静な彼にしては感情がこもった熱い言葉だ。

「異端は昔からある話だ。研究者だっている。それらを否定しない。おそらく君の能力は、心の負荷や恐れが招いている可能性がある。父上と母上が死に、己を責めたことが能力を強めたんじゃないだろうか」

理路整然とした論破に絹香は頭が混乱した。

そんな都合のいい話があるのだろうか。こういう不可思議な能力は理不尽であり、論ずることは不可能ではないか。急に言われても納得できるはずがない。

「そういう話は、今は必要ないな」

敦貴はもどかしげに息をついた。

「君といるだけで心が安らぐんだ。知らなかった感情を教えてくれた。それが異能によるものか、君の心によるものかはともかく、私は君を愛しいと思っている。この気持ちに偽りはない。信じてくれ」

「…………」

彼の言葉が優しく沁みる。凍りついていた心を溶かしてくれる。それはまるで、自分が誰かに施す癒しのごとく。

絹香は肩を震わせた。我慢していた涙を抑えることができない。せき止められない感情が一度にあふれ、涙の粒が畳を濡らしていく。

「ありがとう、ございます……」

敦貴が涙を拭ってくれるから、その手にますますすがりつきたくなる。

──わたしも、敦貴様が好きです。でも……。

唐突に沙栄の顔を思い出す。もし、ここで彼の気持ちを受け入れてしまったら、沙栄はどうなるのだろう。つい先ほど聞いた両親の恋物語の結末が脳裏をよぎり、心に再び鍵をかける。

「わたしは、恋人役です。ようやくそのお務めを果たせたようで、嬉しいです」

「絹香──」

「申し訳ありません。敦貴様が女性《ひと》を愛することを覚えてくださって、わたしはとても嬉しいです」

「…………」

敦貴は言葉をなくした。そんな彼に対し、絹香は心からの笑顔を送った。己を律するため、敦貴と潔く別れるために笑い続けている。

やがて敦貴は表情を曇らせ、悔しそうに顔をしかめた。

「……君は、今後どうするつもりだ？」

静かに問われ、絹香は窓の外にある庭園を見つめた。雪がしんしんと降り積もっていく。

「そうですね……もうあの家には帰れませんし、どこか遠くのお屋敷で取り立ててもらえたらと。もともとひとり立ちするつもりだったのです」

幻想的な夢物語ではある。なにも持たぬ女の身ひとつで世の中を渡り歩けるはずがない。しかし、自分で切り開いた道ならば一生悔いはない。

敦貴は肩を落とした。そして、元の冷淡な表情に切り替える。

「そう言うだろうと思ったよ」

どうやらここまでお見通しだったらしい。敦貴は懐に入れていた紙を出し、絹香に手渡す。広げてみると、それは今利からの手紙だった。

「今利家に行きなさい。もうすでに話は通してある。弟御にも話はつけた。だから、安心して行くといい」

叔父の話をした時から薄々気づいていたが、まさかそこまで配慮してくれていたとは知らず、彼の懐の深さと愛情に心がまた揺れてしまう。なにからなにまで世話をかけてしまった。

「ありがとうございます。このご恩は一生忘れません」

絹香は深々と頭を下げて感謝した。

長丘敦貴様
最後のお手紙になります。

不躾ながら、お伝えしたいことがあります。

わたしもあなたが好きです。とてもとても、あなたをお慕い申し上げております。

後ろ髪を引かれるような、細く美しい線のような目尻が好きです。

まっすぐな指が好きです。凛として涼やかな声が好きです。

凍っていたわたしの心を溶かしてくれた、優しい言葉が好きです。

まさか、最後のお手紙が本物の恋文になってしまうとは思いもしませんでした。ですから、これはわたしの心の奥に潜めておきます。

もっとたくさんのことをお伝えしたかったのですが、契約上、この恋情は例えあなたにだって言えません。

もし、来世があるのならばあなたと共に過ごしたい。

それが、わたしの唯一の願いです。

化け物だと罵られ、惨めだったわたしを助けていただき、ありがとうございました。

人間であるとおっしゃってくださり、ありがとうございました。

その言葉だけで報われました。また少しだけ、自分を好きになれそうな気がします。

それが今できるわたしの精一杯の恩返しです。感謝は尽きません。返しきれないと思います。だから、たくさん笑って生きてゆこうと思います。あなたのために。

それでは、長々とお付き合いくださり、誠にありがとうございました。

あなたに会えて、本当によかったです。

さようなら。どうか、末永くお元気で。

御鍵絹香

手紙の返事をしたためたものの、封筒に入れて自分の胸に仕舞った。

絶対に出せない手紙を書いてしまった。しかし彼への気持ちがあふれて止まらず、文字に換えなくては心を隠すことができなかった。

絹香は翌日、少ない荷物をまとめてひっそりと汽車へ向かった。旅立ちに見送りは不要だと前日に敦貴を説き伏せたので、ひとり寂しく長丘邸を去る。

彼からもらったものすべてを置き去りに曇った寒風の中を歩けば、鼻の奥がツンと痛んだ。

駅舎で汽車を待つ間、早朝にもかかわらず三人家族の姿が目の端を横切っていく。父親と母親、小さな娘。母親の腹が大きく膨らんでいたから、すでに四人家族なのだろう。

在りし日の記憶と重なって見え、絹香はぼんやりと両親のことを思い浮かべた。

父と母の大恋愛は、叔父たちを不幸にした。そうまでして手に入れた恋は、幸せだったのだろうか。知らず知らずのうちに誰かを傷つけていたのではないだろうか。それをわかった上で、家族となったのだろうか。

父はよく言っていた。

『誰かのために尽くし、信念を貫け』と。

母は口癖のように繰り返した。

『誰かを守れるように強くなりなさい』と。

その言葉を胸に生きていたが、今にして思えば、これらは両親の贖罪のように感じて、肩に重たくのしかかってくる。

もし両親と同じく敦貴と共に生きる道を選べば、沙栄を不幸にしてしまうだろう。すでに瀬島を不幸に突き落とした。いずれ、自分だけでなく敦貴も破滅するのではないだろうか。

もうこれ以上、誰にも迷惑をかけたくない。だったら、潔く身を引くのも愛のうちではないか。そう自分に言い聞かせる。

唐突に、思考の中を警笛が駆け抜けた。その煩わしい音に、ハッと顔を上げる。急いで汽車の中へ進み、一度も振り返らなかった。

＊＊＊

絹香が出ていってからは、邸の中が寒々しく感じた。敦貴は仕事に没頭するようになり、以前よりいっそう口数が減った。そんな主を、使用人たちは不審に思っていた。

「絹香様のことを大事に思ってらっしゃったんじゃないかしらねぇ」

侍女長の初美が洗濯物を干しながら言った。それを聞いていたゐぬは「そうでしょうかね」ととぼける。一方で、降格となった恒子は庭先を掃除し、誰とも目を合わせなかった。

米田は相変わらず無愛想な主の送り迎えに徹し、絹香についてはいっさい触れなかった。しばらくは邸内で妙な噂が飛び交うだろうが、そろそろ沙栄との婚姻も近い。無駄口を叩く暇があったら、花嫁を迎え入れる準備を急がねばなるまい。

二月、凍えるような寒さが引き続き、霜焼けが痛い時期に差しかかれば、否が応でも周囲が慌ただしくなる。

敦貴はその日、沙栄との婚姻準備のため本家へ顔を出していた。

矢住家も呼び寄せ、式の段取りなどを決めていく。その際、沙栄を敦貴の邸に住まわせるという流れになった。

「構いません。そのようにいたしましょう」

敦貴はすぐさま了承した。

「沙栄もよいか?」

義三郎の言葉に、沙栄はわずかに肩を強張らせた。

「はい……敦貴さんがよろしいのであれば……」

そう言いながら敦貴の顔をうかがってくる。敦貴は表情ひとつ変えず、沙栄に目を向けた。

すると、沙栄はなにやら意を決したように立ち上がった。

「沙栄?」

矢住の妻が怪訝そうに娘を見上げる。

「あ、あの、敦貴さんとふたりきりでお話してもよろしいでしょうか! ほら、これから夫婦になるのはわたくしたちですから。ね、敦貴さん!」

早口でまくしたてる沙栄に、全員が困惑した。肘掛けに体を預けていた義三郎がゆっくりと前のめりになる。

「敦貴」

半ば命令のような口調の父に呼ばれ、敦貴は素直に従った。すっと立ち上がり、沙栄を部屋の外へ連れ出す。

ふたりは長丘本邸の中庭にある小池まで黙々と向かった。白雪のせいか、庭園は色のない寂しさを感じる。

凍えそうなほど冷たい池の中を錦鯉《にしきごい》がゆうらりと漂っており、その様子を沙栄は慈しむように眺めた。

「冷えますわね」

沈黙を破る沙栄の声は、いつになく淑やかで静かだ。

「ねぇ、敦貴さん。本当にわたくしとの婚姻をお望みですか？」

「あぁ」

「そうでしょうか……心ここにあらずといった様子ですわよ」

彼女の指摘に、敦貴はようやく沙栄をまっすぐに見つめた。彼女もまたしっかりと敦貴の目を捉えている。

「まぁ、そんな顔をしないでくださいまし。あなたに憂い顔は似合いません」

沙栄はピシャリと冷静に言った。普段はやたら浮かれ調子な彼女なのに、大人びた口調で話すのが新鮮だ。敦貴は居住まいを正した。

「すまない」

咄嗟に出た謝罪は果たしてなにに対するものだろうか。彼女を失望させたことか、あるいは絹香と契約を結んでいたことか。胸中を巡る罪悪感の重さに辟易していると、沙栄が明るく笑い飛ばした。

「うふふふっ、申し訳ありません。敦貴さんからそのようなお言葉をいただく日が来るなんて……わたくしを泣かせた日、あなたは謝らなかったというのに」

敦貴は沙栄と初めて会った日の光景を脳内に紡ぎ出した。あの頃の傲慢さが今ならよくわかる。

なおも黙る敦貴に、沙栄は呆れたようにひと息ついた。

「敦貴さん。実を申せば、わたくしはあなたのことが好きではないのかもしれません」

次から次へと繰り出される言葉に意表を突かれ、敦貴は眉をひそめた。一方で沙栄は小首をかしげて茶目っ気たっぷりに笑う。

「なんと申せばよいのでしょう……わたくし、敦貴さんのことをとても尊敬しているのですよ。わたくしを迎えに来てくれる王子様のように思っていたのです。いつまでも夢を見ていたかったんです」

沙栄の言う王子様に憶えがある。あの日、敦貴は沙栄を見下ろしてこう言い放った。

「〝私は君の王子にはなれない〟と、そう言ったな」

「はい。それが幼いわたくしの心を砕きました」

彼女が泣いた理由が今ならはっきりとわかる。想いが通じないというのは、とてもつらく身を裂かれるほどに悲しい。

「現実は残酷です。夢は夢のまま、花は散る前が美しい。散ってしまえば、残るのは虚しさだけ」

沙栄はたおやかな笑みのまま言った。

「そうか……あの日に、君の恋慕は散ったのだな」

「えぇ、散ってゆきました。今、まさにそのことを確信いたしました。敦貴さんは絹香ちゃんがお好きなのでしょう？」

唐突な言葉に敦貴は沙栄を凝視した。すると彼女は「やっぱり」と唇を舐めながら呟いた。

「絹香ちゃんがいなくなってからのあなたは、しおれたお花のようでした。とても見ていられません」

それは叱咤にも似ており、敦貴はひたすら反省するばかりだった。沙栄を失望させまいとあれこれ画策した挙げ句の果てがこれではますます立つ瀬がない。

「沙栄……すまなかった」

「よしてください。わたくしも、敦貴さんが許嫁だと言い聞かされて育ったものですから、あなたに壮大な夢を抱いていただけなんです。だから、つらくはありません」

きっぱりと言い放たれてしまい、敦貴はもううつむくのをやめた。

厄介な許嫁だと決めつけていた己の心を恥じ、同時に彼女がこれほど強かな女性に育っていることにただただ感心した。沙栄もまた敦貴との障壁が薄らいだことを悟ったようで、無邪気に破顔する。

それから、彼女はいたずらっぽく人差し指を立てて提案した。

「どうします？　お義父様にはわたくしから破談をお伝えしますが」

「そんなこと、君にさせられない」

「まぁ、今さらなにをおっしゃるの」

沙栄は頬を膨らませて顔を上げた。

「ここはこの沙栄に任せた方が賢明ではありませんこと？　敦貴さんにはお立場もありますし、その方がいろいろと都合がよろしいでしょう」

「しかし……」

「好いてもいない女に情を移すものではありません。それが優しさだと思ったら大間違いです」

煮え切らない敦貴に、沙栄はピシャリと言い放った。その強い口調にうっかり気圧《けお》されてしまう。だから沙栄が苦手なのだ。年下のくせになんでも知ったような口をきく。

不甲斐なく迷っていると、沙栄は敦貴の手を取って優しく上目遣いに言った。

「大丈夫です。わたくしは愛されてますから、お父様も怒らないでくださるわ。お仕事の方も順調ですし、もし傾いたとしても敦貴さんがしっかり守ってくださるでしょうし、ね」

「……まったく、君というやつは」

敦貴はため息交じりに苦笑した。社会では敵なしの冷酷無情が聞いて呆れる。それでも、初めて抱いたこの感情をむざむざ忘れられるはずもない。

敦貴が沙栄の頭を撫でると、彼女は頬を赤らめた。やはり無理に背伸びをしているようだ。

「君はいい妻になれる」

「えぇ、そうでしょうとも」

「今まで慕ってくれてありがとう、沙栄」

「こちらこそ、ありがとうございました。ひとときの夢、誠に楽しゅうございました」

沙栄は丁寧に頭を下げた。

「よいご報告をお待ちしておりますわ」

ほどなくして、沙栄の意向により矢住家との婚約が解消された。表向きは、沙栄が「好きな人ができたんです！」と押し切った形になり、このことは新聞でも報じられることとなった。

矢住家はこの大どんでん返しに慌てふためいていたが、長丘家の沈着冷静な対応により世間からのバッシングを受けずに済んだ。その裏で御鍵商社の買収も行われたが、これについては地方新聞が小さな記事にした程度であり、大きな事件になることはなかった。

そんな折、敦貴は気が進まなかった絹香の部屋に入った。いつまでも心の整理がつかずにいたので、使用人に片付けを頼まずそのままにしている。

この部屋の主がいなくなってからひと月半しか経っていないのに、随分と遠い昔のことのように思える。

沙栄から婚約を解消された挙げ句、背中を押されたにもかかわらず、絹香を迎えに行くという気にどうしてもなれない。彼女にこの想いは伝わらなかった。ゆえに迷ってしまう。彼女を迎えに行ってもよいのだろうかと。

敦貴は絹香が使っていた文机に目を落とし、ゆるゆるとその場に座り込んだ。彼女と文通をしていた時間がたまらなく恋しい。

黒い文箱を開ける。なにも書いていないまっさらな紙が置き去りにされており、冷たい紙面をそっと撫でた。ところどころに筆跡が残っている。

でこぼこした文字の欠片。絹香の丸い文字を思い起こされ、便箋をつまんでジッと眺める。そこにしたためられているのは……。

その文字を読み取り、敦貴は弾かれるように立ち上がって廊下に出た。自室の方へ向かいながら、手紙を陽に透かす。

「……米田、いるか」

従者の名を呼びつける。

「いかがいたしました？」

「至急、駅まで車を出してくれ」

コートと帽子を取り、玄関へ向かう。その後ろを米田が慌てて追いかける。

「敦貴様、お待ちください。そのような格好ではなりません」

声をあげて物申す米田の声に、敦貴はハッと振り返った。部屋着の上からコートを羽織っていたことに気がつく。そんな自分にうんざりしながら、敦貴は自室へ舞い戻った。

＊＊＊

九州の広い空はいつまで経っても晴れがなく、灰色を帯びるばかりだった。少しは温暖な地域だろうと思っていたのに、関門海峡からくる潮風はいっそうの冷たさを運んでくる。

こちらへ来てすぐ、一視には深々と頭を下げられた。

『申し訳ありませんでした』

絹香の顔を見るなり謝罪した。横濱から帰る間際、すべてを敦貴から聞いたという。知らなかったとはいえ、姉を一方的に責めるような言い方をしたことを大いに悔やんでいたらしい。そして、敦貴からの申し出をもちろん受け入れた。そして、今利も同じ意見だったことが幸いした。

根は真面目で、心優しい弟である。慣れない土地で気を張っていたからか、ついあんな口をきいてしまったのだとポロポロとこぼしていたが、どちらも本音なのだと思う。

そんな弟を絹香はしっかり抱きしめた。

会社はなくならないが、父の面影はいっさいなくなる。いずれは社号も変わり、生まれ変わるのだろう。その代わり、長丘家がしっかり取り仕切ってくれることを約束してもらったので未練はない。

絹香は今利家でしばらく休養し、やがて近所の子供たちに手習いを教えることになった。「きぬかせんせい」と呼ばれるのが楽しく、くすぐったく、それはそれでささやかな喜びでもある。

「ねぇ、きぬかせんせい。このおはなし、しってる？」

鉄鋼工場の片隅でストーブを焚《た》いたその場所で、ふくふくとした小さな女の子が絹香にべったりと張りついたまま言う。

五、六歳の子供たちばかりで、まだまだ親に甘えたい盛りだ。絹香は優しく頭を撫でながら話を聞く。

「なにかしら？」

「あのね、せんせいのおてては〝まほうのて〟でしょ？　むかーし、むかしに、おんなじてをもつひとがいたのよ」

「そうなの？」

「うん。そのひとはねぇ、せんせいみたいにやさしいおててだったんだって！　でも、きゅうにその〝まほう〟がなくなっちゃったの。だいすきなひととむすばれたからじゃないかって、おかあちゃんがいってたよ」

「えー、そうじゃないよ。おおけがしたおとこのひとをたすけたから〝まほう〟がきえちゃったんだよ」

すかさず、横にいた女の子が口をとがらせる。

「あたしがきいたのはね、そのとき、いっぱい〝まほう〟をつかったからきえちゃったって」

どれもこれも似たような話だ。だが、次から次へと〝そのひと〟の話が子供たちの口から飛び出していく。

ふと、母の顔を思い出した。確証はないが〝そのひと〟と母の顔が重なる。

――まさかね。

絹香は女の子の頬を両手で触った。すると、女の子はくすぐったそうに笑う。

「あったかーい」

「あ、ずるーい！　あたしもせんせいのおてて、さわらせて！」

「わたしもー！」

「はいはい、順番ね」

こうしていると、心が穏やかになれる。

しかし、空いた穴が完全に塞がったわけではないことを自覚していた。

先日、長丘家と矢住家の婚約解消が新聞に取り上げられていたと小耳に挟んでいたので、ふたりの身を案じている。

いったいどうなっているのだろう。そのことだけが気がかりだ。

工場の終業時間になり、絹香も帰路につく。すっかり冷え込んだ外は薄群青で、そろそろ春の訪れも近いのではと期待する。だが、気温は厳しいものだ。

川辺をゆうらりと歩いていると、自転車とすれ違った。仕事帰りの青年や、急ぎ足の女性ともすれ違う。笑い合いながら行き交う人を避け、ひとりで黙々と歩いていく。

気を緩めると彼のことばかり心配になってしまう。今すぐに忘れられずとも、ゆっくり前を進んでいけばきっと忘れられるはず。

だから、まったく身構えていなかった。いきなり背後から声をかけられるなんて思いもしない。

「絹香」

そう呼ばれても瞬時には反応できなかった。

「絹香」

再度呼ばれてようやく気づき、おそるおそる振り返る。

のどかな夕暮れに立つその男性《ひと》は、以前と違って随分と柔らかく、いつにも増して麗しい。そして、どこか晴れやかな表情をしていた。

「敦貴様……」

名を口にしようとすれば、声がかすれた。驚きで喉がうまく機能しない。

目の前に、敦貴が——恋焦がれてもなお突き放した彼がいる。

彼もまた、なにを言ったものか困っているようで、しばらく無言で絹香を見つめていた。

「君が出しそびれた手紙をもらいに来た」

それだけ絞り出し、敦貴は絹香に一歩近づいた。

手紙——最初で最後の恋文。あまりにもつたなくて、つまらなくて、恥ずかしくて身の程知らずの出せなかった手紙。その在処を知っているなんて思いもしない。

でも、そんな細かいことはどうでもよかった。ここに彼がいることが、とても嬉しい。隠していた思いが込み上げてくる。

「て、手紙を受け取って、どうなさるんですか」

ひと息ひと息、区切って訊く。すると、彼は迷いなく告げた。

「君と共に生きたい。来世なんか、待っていられない」

「……よろしいのですか？　こんなわたしでも」

「あぁ。何度も言わせるな」

絹香は一歩、彼に近づいた。そのたびに心が解けていく。すると気持ちがはやり、足が前へと進んでいく。もう止められない。気がつけば、敦貴の胸の中に飛び込んでいた。

彼もまた絹香をしっかり抱きとめてくれる。

こんな幸せなことがあるだろうか。絶対に叶わないと思っていた恋が今、みるみるうちに熱を帯びていく。頭の中でパッと火花が散り、絹香は泣き出した。

「愛しています……ずっと、そう言いたかった」

その言葉をすくい取るように、敦貴は絹香の唇に触れた。絹香も迎えに行き、溺れるような口づけを交わした。

終章　僥倖《ぎょうこう》

幸せをつかむにはなにかを踏み台にしなくてはいけない。臆することなく突き進むには、強靭《きょうじん》な心が必要だ。父と母はそれを乗り越えられなかった。しこりを残したままでいたから、足元をすくわれた。

だが、絹香は両親を恥ずべき存在にはしたくなかった。彼らの愛は本物だった。その証が自分であり、一視である。これは一視とも意見は合致していた。

しかし、彼は両親の物語のようにはなるまいと、ますます実直に勉学へのめり込んでいく。女性へみだりに愛をささやくなんてもってのほかであると突っぱねているらしい。

「あんなかわいらしいお顔をしていながら、気難しく『恋愛はくだらない』とおっしゃるのよ。まったく、どうしてあんなにわからず屋なのかしら。いったい、誰に似たんでしょうね」

うららかな日差しの強い鎌倉の別荘のバルコニーで、沙栄が不満たっぷりに言った。

絹香は顔をうつむけた。持っていた紅茶のティーカップが震える。

「なんだか心当たりがあるわ……」

「えぇ、そうでしょうとも。強情なところばかり似てしまって、本当に嫌になっちゃうわ」

沙栄の刺々しい口ぶりに、絹香はますます縮こまった。

「一視にはよくよく言って聞かせます」

「うふふふ、冗談よ。一視さんには、わたくしがしっかりと教育を施して差し上げますから、お姉様はゆっくりのんびりとお過ごしくださいな」

「そ、そう？　でも、まったく安らげないわ」

すっかり萎縮していると、沙栄はケラケラと愉快そうに笑った。

敦貴との再会から数ヶ月が過ぎ、季節が陽気になるにつれ周囲は目まぐるしく動いていた。敦貴に連れられて東京へ舞い戻ったものの一視の進学などの手続きもあり、ろくにくつろぐ時間もない。

叔父と叔母は変わらずあの地で過ごしているらしい。今はもう隠居しており、すっかり表に姿を見せない。たまに顔を出す程度で大した付き合いはなくなった。

瀬島は敦貴の援助で、実家から大学へ通うようになった。卒業までは面倒を見てもらえることになり、彼は別れも告げずに千葉《ちば》の実家へ戻っていった。

そんな折、一番変わったのは沙栄だろう。なんと彼女は今、新たな恋が芽生えているという。

「まさか一視を気に入ってもらえるとは思いませんでした……」

「あら、わたくしはあの冬の日からずっと一視さんが気になっていたのよ。寒くて震えるわたくしにそっと手を差し伸べてくれるなんて……紛れもなく王子様でした」

目を輝かせる沙栄だが、すぐに不満そうに頬を膨らませる。

「なかなかうまくいかないものね」

一視の素っ気なさにはほとほと呆れるものだが、つい最近まで自分も同じように強情を張っていたから、偉そうに説教をできる身ではない。

「でも、恋は追いかけてこそ楽しいものよ。一視さん、こっちに来られてからはますますかっこよくなられて、とてもひとつ年下の男の子には思えないわ。なんでも知ってるし、すぐに覚えちゃうし。でも、やっぱり恋には興味を示さないのよね……」

「一視は照れ屋なんです。許してあげてください」

弟の名誉のため、控えめにお願いする。と、沙栄は興奮気味に立ち上がった。

「まぁ、照れ屋ですって!? もしそうなのだとしたら、もっと押してもいいかしら? 押したら落ちてしまうかしら? うふふ、これは燃えるわね」

そうして、沙栄は豪快に紅茶を飲んだ。その姿を見て思わず笑うと、沙栄は恥じらうように「ごほん」と咳払いした。

「まぁ、わたくしの話はともかく。絹香ちゃんはどんなご様子？」

どうやらこれが本題なのだろう。沙栄の強い瞳には逆らえず、絹香はしどろもどろに答えた。

「えぇっと……お義父様に、ようやく認めてもらえました」

「まぁ！　やったぁーっ！」

沙栄が両手を上げて喜ぶ。その声が山の中をこだまし、海にまで及ぶ。絹香は恥ずかしくなって顔を覆った。

「よしてよ、そんな大声で……まだ、本決まりってわけではないのよ」

「でも、それはもう決まったも同然よ！　あのお義父様に認めてもらえるだなんて、とてもとてもすごいことよ！」

まるで我がことのように喜ぶ沙栄である。一方で、絹香は不安を隠しきれずに目を伏せた。

「でも、お義母様はわからないわ……」

「あら、お義母様は、ああ見えて女の子には甘々なのです。それはもうチョコレイトのごとく、とろとろに甘いのよ」

「そうかしら？　お義父様よりも強敵な気がして、今から目眩がするのに」

「大丈夫！　そりゃ、教育や教養にはとても厳しい人だけれどね、絹香ちゃんは礼儀正しいから問題ないわ。それに、絹香ちゃんがつらい目に遭っていたら、あの敦貴さんが黙ってないもの」

それは想像に難くない。絹香は少し前向きになり、拳を握った。

「沙栄さんが言うのなら、大丈夫なのかもしれないわね」

「えぇ、自信を持って。わたくしも力になるわ」

頼もしい沙栄が、ふいに絹香の白い手を取る。

「式が楽しみねぇ。絹香ちゃんなら白無垢は絶対に似合うし、でも西洋式のドレスもかわいいでしょうね。ふわふわの純白のドレス、素敵じゃない？」

「気が早いわ……」

「善は急げよ。こういうことは男性に任せず、要望をしっかり固めてねだるの。計画的にいきましょう！」

沙栄の助言に、絹香は真剣にこくこくうなずいた。でも、やっぱり恥ずかしい。敦貴との婚姻が整う日がもうすぐ近い。考えただけで途方もない幸せを感じ、心がいっぱいいっぱいだった。顔から火が出そうだ。

「君たち、あんまりはしゃいでると、バルコニーから落っこちるぞ」

背後から敦貴が呆れたようにのんびりと現れた。

「あら、噂をすれば、ですわね」

そう言って、沙栄はおもむろに席を立った。

「ここから先はおふたりで、ごゆっくりお話くださいませ」

絹香の肩をぽんと叩き、茶目っ気たっぷりに片目をつむる沙栄は敦貴に一礼してバルコニーから退散した。

そんな彼女の背中を見送ってから、敦貴が椅子に腰掛けた。

「それで、なんの話をしていたんだね」

「女の話です。敦貴様はご興味ないかと」

恥ずかしいので言葉を濁すと、敦貴は頼りなく眉を下げた。それがなんだか悲しげだったので、絹香は慌てて手を振る。

「大したお話ではないのですよ。たわいもないものです……式の着物のご相談でして……」

「ほう」

たちまち敦貴は前のめりになり、興味深そうに絹香の顔を覗き込んだ。

「それで？」

「はい……純白のドレスか白無垢のどちらにしようかと……」

すると、敦貴は深く考え込み、真剣な顔で絹香をジッと見つめた。

「白無垢だな」

短く簡潔に答えられ、絹香は顔から火が出そうになった。一気に体温が上がった気がしていると、彼は不敵に笑って続けた。

「一等のものを仕立てよう。君が望むなら、ドレスも用意する。素材はシルクだな。絹香の名にふさわしい」

「ちょっと、敦貴様……？」

「どうした、気に入らないか？　足りないならもっと用意するが。それとも、恥ずかしくて言葉が出ないか？　君はいつもそうだな。恥ずかしがり屋にもほどがある」

そこまでひと息に言われてしまえば、返す言葉はひとつしかない。

「こ、心を読まないでください……！」

絹香は顔を覆って不甲斐ない声をあげた。

敦貴の控えめな笑い声が降り注ぎ、ちらっと顔を覗かせると彼の細長い指が絹香の手に触れた。とても温かい手で包まれ、絹香も笑みをこぼす。

やがて爽やかな風が髪をさらい、優しい時間がゆるやかに流れていった。

愛する人がそばにいるだけで、不思議と胸がいっぱいになってくる。

それは、焦がれて乞い願った幸せそのもの――。


【完】

あとがき

小谷杏子です。このたびは『大正偽恋物語〜不本意ですが御曹司の恋人になります〜』をお手に取っていただき、誠にありがとうございます。前作とは違うオトナな雰囲気の物語に仕上げてみましたが、いかがでしたか？

歴史の流れには類似性があるらしく、大正と現代の様子は意外と通じるものが多いのだとか。しかし時代は移ろえど男女の本質は変わらないのではないでしょうか。不確かで目に見えないものを信じるのは大変ですが、ゆっくりと互いに存在を認め合い思いやって恋をし、愛を実感するのだと思います。

絹香は他人とは違う自分を隠そうとしていましたが、敦貴に受け入れてもらえたことで自分を好きになることができました。まさに運命の出会いですね。

本作を書くきっかけは、担当編集様の「和風シンデレラストーリーはどうですか」というお言葉からでした。このお言葉がなければ、これからもずっとこのジャンルを書こうとは思わなかったでしょう。その節はありがとうございました。

執筆中はとにかく鎌倉に行きたかったです。刊行までに観光できなかったことだけが一番の心残りです。いつか訪れてみたいですね。

それではここで感謝の言葉を。

スターツ出版文庫の皆様、担当様、編集協力のヨダ様、編集作業中は大変お世話になりました。最初はどうなることかと不安でいっぱいでしたが、無事刊行を迎えられてホッとしています。また、出版に関わるすべての皆様に厚くお礼申し上げます。

イラストレーターの北沢きょう様、素晴らしいカバーに仕上げてくださりありがとうございました。絹香も敦貴も美しく描いてくださり、思わず惚れ惚れします。

心強い友人たち、いつも助けられています。また今年も楽しいことをしましょう！　お酒もたくさん飲みましょう！

それから応援してくださる読者様。元気に執筆できるのもひとえに皆様のおかげです。

これからもどうぞよろしくお願いします。

最後にもうひとつ。明けない夜はないと信じています。

大変な時代ではありますが、一緒に乗り越えていきましょう！

二〇二二年一月　小谷杏子

この物語はフィクションです。実在の人物、団体等とは一切関係がありません。

小谷杏子先生へのファンレターのあて先
〒104-0031　東京都中央区京橋1-3-1　八重洲口大栄ビル7F
スターツ出版（株）書籍編集部 気付
小谷杏子先生

大正偽恋物語
～不本意ですが御曹司の恋人になります～

2022年1月28日　初版第1刷発行

著　者　小谷杏子　

発 行 人　菊地修一
デザイン　カバー　北國ヤヨイ（ucai）
　　　　　フォーマット　西村弘美
発 行 所　スターツ出版株式会社
　　　　　〒104-0031
　　　　　東京都中央区京橋1-3-1　八重洲口大栄ビル7F
　　　　　出版マーケティンググループ　TEL 03-6202-0386
　　　　　（ご注文等に関するお問い合わせ）
　　　　　URL　https://starts-pub.jp/
印 刷 所　大日本印刷株式会社

Printed in Japan

ISBN　978-4-8137-1213-8　C0193